DEERBOOK
鹿 书

坦白书

献给勇于直面幻灭的理想主义者

[增补版]

马良 著

WUHAN UNIVERSITY PRESS
武汉大学出版社

坦白书

——献给勇于直面幻灭的理想主义者

上页图：骑兔子的堂吉诃德　纸本绘画　2008

目 录

新版序

无用之书

标题这几个字，来自于我脑海里挥之不去的一段回忆。

三年前的一个早晨，我在父母亲的老宅里醒来，前夜陪他们吃晚饭，之后一起看电视，太晚了便没回自己家。桌子上有一张纸条，母亲留给我的："我去医院配药了，你起床后给爸做早饭。"可是家里没人，于是电话问母亲，她在那一头叮嘱：你赶快去楼下四处找找你爸，因为你在家我才出门，你爸最近越来越糊涂了，别走失了，他腿不好，不会走远的。

父亲那年84岁，他年轻时候学京剧武生腿受过伤，年纪大了走路也不太灵活了，需要拄拐杖才能慢慢行走。那时他刚开始有些老年性的记忆问题，刚说的事情隔一会儿就记不清了，所以我妈也像是他的另外一根拐杖，离开了她，他便哪里也去不了。

在楼下小区的花园里跑了两圈，附近街上也都看了，四处都找不到，我正着慌，却看见父亲拄着拐杖慢悠悠从小区清洁站的一栋破房子后走出来。他看到我也不管我的埋怨，神秘兮兮地说："儿子，你来得正好，你帮我把我书房里那几箱子手稿搬下来。"我不解，把手稿拿花园里做什么？他于是拉着我往清洁站背后走，前面是一条幽暗潮湿的夹墙间的小道，一大堆小区刚修剪下来的枯枝败叶拦住了去路。这根本不是条路啊，我劝阻父亲，父亲执意要往前，我知道他固执的脾气，只能小心扶着他走。好不容易爬到枯枝堆顶上，又看见前面阻隔着几个鼓囊囊的黑色垃圾袋，摊平在狭窄的小径上，把路堵得死死的，我再也不愿往前，"这是人家堆垃圾的地方，我们到这里来做什么啊？"父亲没作答还是往前走，一步踏到了那几个装满了东西的垃圾袋上，随着一声低沉的爆裂声，他的脚陷进了那黑色袋子的裂口中。那时也不知哪儿来的敏捷，我跃身跳过垃圾袋，又顺势把他一把抱了过来。那裂口里汩汩喷涌出的是黑色的淤泥，也许是清阴沟挖出来的，也许是院子里那久不见动静的喷泉池子里清理出来的，味道极难闻。父亲左脚的鞋子和裤腿上污迹斑驳，我赶紧掏口袋，谢天谢地有一整包餐巾纸，正想帮父亲擦拭，他指着我背后说，你看。

背后就是小路的尽头，有一个肮脏的沙堆，还有些建筑垃圾，那必然是一处从不会有人去的死角，高处有树影斑驳投下，影子的一处缺口里，我看见有人在墙角把碎砖堆成了一围两尺见方的旱池。于我们站立的阴暗处远远望着那儿，阳光摇曳，那堆破砖不知为什么竟有些肃穆的仪式感。父亲突然开口："那是我刚堆的，这里没人，你帮我把那些手稿都搬来，在这里烧了。"什么？烧了？为什么要烧了？为什么突然有这个念头？我望着神色平和的父亲，大惑不解，张口结舌。

父亲让我扶着走过去，坐在了那圈砖垛上，那里没其他地方可以歇脚。他扭头看着自己的"作品"，这才缓缓答道："没用了，我写的那几大箱导演手稿，都没有用了，没人会再看，我排的那些戏，也都过去了，不再有人提起，那些字那些纸留下来有什么用呢？烧了吧。”父亲说话的声音很平静，他坐在那里一动不动，衰老又疲倦，他甚至没有低头看一眼脚上的泥淖，既没有兴趣也没有气力，那是多么无法言喻却又一击中的的象征。我永远记得那个画面，这是他的孩子此生所体验过的最庞大的伤感，因“无用”这两个字所感受到的无边虚无。

我跪在地上为他擦鞋，一张张洁白的餐巾纸，依次变成了一团团污秽疲惫的烂纸，怎么擦都擦不干净。所有的纸巾都用完了，我终于找到了最好的劝慰他的话，爸爸，那些笔记手稿都留给我吧，我也想尝试做戏剧导演，像你一样排戏，它们对我是有用的。我是你儿子，你的秘籍都给我吧。父亲听了露出微笑，是吧？那就都给我儿子了。你有用就留着吧。

那个早上发生的事情，我不曾对他人提起过，甚至母亲和姐姐。这三年时间里，我如约完成了一部戏剧作品，虽然幼稚，也许甚至算不上是戏剧，但好在说到做到了。父亲第二年获得了一个戏剧方面的终身成就奖，其实大家并没有忘了他，是他自己健忘了，他后来忘了那个早晨，也忘了他的手稿去了哪里。排戏那年，我有时真的会读父亲写的那些导演手记，他的手稿如今都在我的书房，能够寻到的每个笔记本，每个剧本，甚至只是一张他写过的纸，我都藏好了。虽然驽钝的我并没有从中参悟到什么真正的戏剧法门，但字里行间，父亲对自己事业的狂热执著给了我很大的鼓舞。也包括他作为一个人的敏感脆弱，他的惶惶然，他的走投无路，一样感染过我，知道了原来这世间的崎岖，凡人都要走，都会孤独，会无助。

每个人都会写一些东西，纸上、电脑里或手机上，也许无人问津，可你还是想记下来，就像我曾经写了这许多只言片语，本来也没有想过它们会成为一本集子，更没有想到它还会再版，还有很多读过这本书的年轻人会和我聊其中的一些念头，摘抄其中的一些句子。有些不可思议，但细想也渐渐释然，当然不是我写得好，这些絮絮叨叨的话，就像我父亲曾经想付之一炬的那些手稿，落笔的那天写在纸上，也写在了逝水之上，云烟之上，写在了无时无刻不在的消亡和遗忘里。可是这些字还是有用的，对于时间里浪迹于那一刻的我有用，也许对人生里漂泊于这一刻的你也有用。我宁愿乐观地相信，它是有用的。

2017 年 3 月 6 日于上海

原序 1

坦白书

我其实是个以拍照片和画画为生的人。第一句就坦白这个是因为我始终是有些心虚的，虽然这些年各种作品画册已经出版了好几本，但堂而皇之地敢将自己的文字也和盘托出，这只是第二次。上次出一本画册，出版社也收入了我的一些创作散记，可惜也许是尊崇图片的心理，或者篇幅的问题，刊登的文字竟然都没有分章断句。于是乎这些本身就有些绕口的杂文一股脑地堆在一起，陪衬着那些色彩斑斓却语焉不详的照片，活脱一幅火烧火燎想要争辩却口齿不清的可怜样子。唉，这事儿几乎成了我的一场心病。

真幸运，那些曾受了委屈的字儿，还有其他一些没有见过世面的它们的乡亲们，今天又得以在这本书上凑在一起。我和它们是知根知底的关系，如今这些心慌气急的小短句子能获得宽敞的空间，显得稍微有那么些优雅富态，全是因了它们之前的落魄，算是给些小小的补偿。我 12 岁起就进美校读书，文化课成绩一直磕磕碰碰的，倒是曾设想过有一天混出头了，自己画的那些小画片儿能登堂入室，挂在一些刷得粉白粉白的墙上，仪态万方煞有介事的样子。可真是断然没有敢想，我这样儿笔破字能方方正正地印在白纸上，这是一场如此意外的收获，让我有点冲昏头脑的激动，以至于写到此处自己也觉得实在啰嗦。

我有时也好奇，到底是什么东西能让一个从小没好好读书的人，产生要和这个世界坐下来认真聊聊的冲动，也不知道从哪儿涌起一股子热情，想把自己所经历过的那些其实很难说明白的感受，一五一十地对我完全不认识的读者——不小心读到这一段的您，老老实实地坦白。遣词造句对我可真是个费力的事儿，远不如我画个布景，拍张照片来得轻松自信。可是，我就想主动坦白，即使一点儿不从宽，我也会那么干的。有时我觉得自己从事的视觉创作就像是出哑谜，这个沉默的无法注解的形式，让我自己也憋屈万分，一个心直口快的人却要守住一个个看上去天大的秘密，无奈下神秘兮兮的，生出一副故弄玄虚的神色。其实又有什么秘密呢？只不过是我经历过的琐屑却又实在的生活，那些成长所赠予的细密如尘的情感罢了。

这本书里有好多篇幅都是关于我的少年时代，一些我如今回想起来实在不舍得丢弃的回忆。也有些是在微博里写的谈摄影谈生活的，都是些自说自话的念头。其实我自己也从来没有确定它们就真是正确的，虽然冒着混淆是非的风险，但还是想把它们记录下来。只想让诸君亲眼看到，一个善感的小混蛋，一个自诩的创作者，到底是怎么一路跌跌撞撞走过来的。我记下了一些书本里我从来没有读过，但生活最终教会我的道理；一些我作为一个七尺男儿曾经羞于泄露的过于敏感的体验；以及一个选择了艺术创作，选择了这种生活的人，不得不面对的自我审判，那些自己对自己的严刑逼供，宁死不屈，等等。

在我看来，这个迷障重重的世界里从来就没有过桃花源，那些对美好的相信只存在于我们的心中罢了，像是一个个相互无法抵达的目的地，谁也没有义务将自己的内心开放出来，那是每个人私密的领地。可是创作者则无法这样遮遮掩掩欲说还休地活着，坦白是这份工作所附带的一份有些无可奈何的职业操守。文艺是一份工作，总要有人干这行的吧。我的父母一辈子都在干这个，我只是老老实实继承了他们的工作。是的，除了坦白，我也别无选择。

这本书是我在生活的乱枝杂草里走出的一条小径，径直通向我自己的那座不再设防的城市。也许在您看来其中并无甚风景，但我的确就是在那里出生，长大，之后一直在里面生活。这也是一份还算坦白的地图，我一一标示出了那些曾经让我深陷的泥泞和彷徨，献于诸君，也指给您看那我还不曾到达的远方。

此处特别感谢在微博上和我互动的网友们，本书中我摘录了一篇微博，是我的一个提问，以及一百多位网友的真诚回答。一个漫不经心的设问却给了我一次特别感动的精神体验，所以分享在此书中，借花献佛，希望更多的人一起感受这份生命的真诚和温暖。我还想感谢本书的编辑沈奇岚小姐对此书所付出的大量心血，能和您一起工作是我的荣幸和骄傲。

2012 年 2 月 3 日凌晨于上海

我的身体里住过我一生至今每个冬天的雪，

住过大海，

住过这世间所有流浪的爱人。

一对恋人牵手面对海啸到来　素描　2011

原序 2

尖叫、图书馆、蒙克和陌生人

读美院附中时候，每晚都要去图书馆。那图书馆很阴森，在教学楼底楼的偏僻角落，一条没有灯的幽暗的长廊的尽头。那儿很少有人去，特别是晚饭之后。

图书馆里总是很安静，四周国外的画册环绕，厚厚的砖头一般，藏着和老师教的东西完全不同的秘密。凡有裸体女人的图片，都被海关进口的时候，用细砂纸小心地抹去了关键部位，如同如今的日本 AV 里的薄码，愈发增加了淫荡感；还有些漏网之鱼，也被年长的同学用小刀片细心地割了去，让少年的我面对那些书页里的小窗口，浮想不已。

管理员是个 50 岁左右的女人，也许实际上要年轻些，她有种阴森的气质，和图书馆如此协调。每次无意抬头的时候，总发现她在厚厚的眼镜片之后冷冷注视着我，总是我心虚地避开她的目光，因为她从来不会主动移开视线，会把你看到手脚冰凉，精神崩溃。

后来我听说她是高干子女，父母在“文革”里被迫害死，曾经疯过，但是绘画拯救了她的精神，据说可以画一手好画。“文革”后有长辈朋友照应分配到了我们学校，做老师明显不合适青少年的身心健康，所以她成了唯一的图书馆管理员。

我那时最喜欢看的一些画册，无非是一些印象派画家的作品和苏联的素描手册。

有天我看到那个老女人在看一本书，目不转睛。封面上是个骷髅般面容的男子双手举在嘴边，神情恐惧；背后是红色的燃烧般的天空和一座呈透视消失的桥。我记住了那个封面，因为好奇她看的是什么书，后来几天翻看，才认识了爱德华·蒙克，知道了那张封面作品《尖叫》。第一次看他的作品，我就爱上了那些画面，感觉灵魂如同被紧紧攥住，寸步难移。无法解释为什么，因为事实上那时的我并无法真正看懂这些古怪的画作，但我直觉上迷恋它们。

为此，我其实特别想去谢谢那个我不知道名字的图书管理员。但并没有实施，因为羞怯，也因为觉得无从言谢。后来也一直没有这样做，直到听说她去世了。

再后来，每次我看到蒙克的作品，看到那张尖叫的脸，心里就会泛起一些憾意。很难具体描述，也许是遗憾于没有勇气跨过人和人之间的看不见的某条鸿沟，也许是遗憾于自己从来就没有叙述爱和感谢的勇气。

昨夜，在街头独自散步的时候，又想起了那通往图书馆的幽暗的长廊，想起了那个图书管理员，还有蒙克说过的一句话：我不再画那些在室内读报的男人和织毛线的女人。我们应该画那些活着的人，他们呼吸、有感觉、承受过痛苦，也有过爱。

突然就想写下些什么，为了纪念我第一次遇到蒙克的那个夜晚，和那个无意中指引过我的图书馆老师。也为了纪念所有那些路过我身边的人，那些永远陌生的、曾经相爱过的，那些不该忘却的生命里的呼吸、感受，那些痛苦，还有爱。

1

那些不该忘却的生命里的呼吸

童年之树　纸本铅笔画　2004

痰盂上的先知

我的幼儿园在一栋老旧的西洋别墅里，据说原来的主人是国民党的军官。记得最清楚的是二楼的过道右侧，有一排长长的窗，窗的顶部是半圆的，有些像延安的窑洞入口，大约有 6 扇窗。走道另外一边是一堵靠得很近的墙，估计是改建成幼儿园的时候新加出来的，因为这堵墙，这排阳光充足的窗子成了意义不大的摆设。

在墙脚下的阳光里整齐地排了大约 20 个痰盂，那就是我们小孩子的公共厕所，或者也可以叫“公开厕所”。每天午睡之前，所有的小朋友都要在那里坐一排，大便。没有完成这个任务的小朋友，是没有资格睡午觉的。我总是在这件事情上很不争气，坐在那里看着所有的小朋友被老师一一横放在膝盖上，粗暴地擦了屁股，然后幸福地滚上床去。而我总是找不到感觉。

猜都可以猜得出来老师眼睛里的厌弃。于是我头都不敢抬，一直喘着粗气，做出全力以赴的样子。直到大家都休息了，走廊里只留下我和19个盖了红色塑料盖子的白色痰盂。窗外传来知了的聒噪，闻着那些红色塑料盖子下令我自卑又气馁的味道，至今记得那种深深的失败感，甚至觉得那白色的痰盂将一辈子粘在我的屁股上了。

时间过了很久，走廊里一点声音都没有，小朋友都睡熟了，老师也把我忘掉了。抬头望着窗外微微刺眼的阳光，我第一次隐约感觉到，将来的生命里，一定有些事情是很难办的。

断臂记

小时候，我家住的房子在新中国成立前是个白俄医生的诊所。西洋式的漂亮屋子，所以窗口有很宽的窗台，父亲于是在窗的木制内框上钉了几根木条，窗台就成了我的婴儿车。爸妈去上班的时候，我就被安排这样站在里面，一边是对着马路的钢窗，一边是爸爸钉的栏杆，脚下垫几个枕头，站累了也可以坐下。我每天下午就在那里看着窗外，等待他们回来。

那时我太小了，这些细节都是后来由我心思细密的姐姐一一描述给我听的。这样的日子据说持续了近半年的时间，我都是一个人站在家里的窗台上。姐姐说她每天放学的时候，路过我家临街的窗子，都能看见我在玻璃窗后面拼命地挥手傻笑。后来，一次妈妈路过那窗口，看见我趴在窗玻璃上，正在熟练地抓苍蝇吃，她哭了，终于决定从老家农村请一个远房亲戚的亲戚来照顾我。

那远房亲戚的亲戚，据我姐姐描述是个粗暴又狡猾的老妇。总

我的照相馆　摄影草图　2011

是在我父母面前表现得很慈爱的样子，而他们不在的时候，对我们姐弟非常冷漠。姐姐想伙同我一起向父母告状，可怜那时我还不会说话，自然帮不上什么忙。结果父母还狠狠批评了姐姐，说她把自己当成了资产阶级的富家千金，看不起劳动人民。最后姐姐被骂得够呛，那老妇人反倒更受我父亲的关照，而我则还是每天站在窗台里。

直到有一天，姐姐路过那个窗口，又看见我在拍手傻笑。估计是动静大了一些，引起那老太太的邪气，一把把我从窗口揪到了枕头堆里。姐姐说她当时大吃一惊，因为我的脸突然哭到变形，虽然玻璃窗隔绝了声音，她还是预感到我受到了伤害。于是拼命跑，绕一大圈从房子的后门冲进家，只看见小小的我左手托着右臂在狂哭，而右臂不自然地垂着。她立即明白我的手被扯断了，于是疯狂地冲上去和那老太婆撕打了起来，不顾一切地咬她。

后来，爸妈把我送去医院，接好了手臂，而这老太被送回乡下。

再后来，姐姐的意见受到了父母的重视，而我，又一个人站在窗台上了。

走钢丝的鸟人　纸本绘画

刚学会骑自行车那年，上海有一场大雾。我还是个莽撞的少年，在能见度不及两米的夜雾里，骑着车漫无目的地游荡。一面骑一面大声喊叫小心，其实那时路上鲜有汽车，也几乎没行人。我就这样一直嚎叫着从吴江路骑到外滩，回来的时候叫不动了。骑着骑着心里涌起一丝前所未有的伤感，那是我有关孤独体验的初夜。

玉兰花

我曾经就读的南京西路第一小学的旧址，现在已经在地图上消失了。我后来曾经想去拍些照片，可是看见的是一栋贴了白瓷砖的简陋校舍。所以那些美好的一切只留在记忆里了，而我的描述因为无可考证，想必也显得更加云山雾罩，不可思忆了。

那栋两层的建筑以前是一个大户人家。户还相当的大，有《上海滩》电视剧里才有的那种室内大型楼梯，繁复雕花的木质扶手可供调皮的孩子做滑梯，被踩得发白的台阶上，还有铜制的固定地毯的小钉子。当然地毯早就没了，上下楼梯的时候，经常有小孩子因为那些铜钉子而摔跟头，后来这些害人的东西就被校工用榔头砸掉了。我还趁火打劫偷拿了一个，当然现在也早就不知所终。

所有的窗户都是彩色玻璃镶嵌的。楼梯背后的那一组窗户最华丽，三扇巨大的花花绿绿的窗户永远关得死死的，于是大厅里的光线永远呈现一种妖异的不现实的气氛。那时没有美国大片，我可怜的想象力也就只达到花果山水帘洞之类的水平。后来看《哈利·波特》，总是觉得那魔法学校很眼熟，回忆了半天才想起来，就是因为那种彩色玻璃所折射出来的神秘光线。

教室里有个长得很浪漫的壁炉，可惜早就废弃了，放满了扫帚和簸箕之类的一点都不浪漫的东西。我坐在靠窗的一个课桌，冬天的时候得用报纸涂糨糊把窗户的缝都糊起来，不然我简直就像坐在冰冷的地狱门口。夏天时那位置自然很凉快，窗外就是一棵古老的广玉兰树，像一柄巨大的遮阳伞，把那小小的学校遮得密密实实的。阳光从树叶的缝隙里偶尔射下几丝光线，如果我坐得很端正的话，有一束光总是会落在我前额的头发上，暖暖的。而我总是在老师不易觉察的范围里，缓慢地移动着脑袋，让那束光线可以时不时地刺入我的眼睛，让我产生片刻昏昏欲睡的幸福感。也因为阳光的耀眼，回头再看教室里，越发的一片昏暗，也越发的厌恶上课了。

每年 6 月临近期末考试的时候，那棵树便会开满大颗的白色的玉兰花，淡淡的花香随着微风弥漫着整个学校。每次闻到这若有若无的花香，我的脚下就渐渐铺开了一条注定了的道路：先是要面对一考卷陌生的问题，然后是挂满了红灯的学生手册，戴眼镜的女同学的奚落，老师和姐姐语重心长的羞辱，还有我深深的自暴自弃。

后来，那淡淡的芬芳成了我长大后最爱闻的气味，同时也是最令我伤怀的味道。就像生命里所有的甜蜜和酸楚总是结伴而行，疼痛总是四处追逐着欢乐，片刻也不愿分开。

书页里消失的鲤鱼　摄影草图　2006

草原上的大兔子　摄影草图　2006

我的夏令营

我参加过夏令营，但不是营员，而是演员。上海市少年宫，20世纪70年代末的某个夏令营地就设在那儿，全市的少先队员经过层层筛选，被分批送到那里比较克制地乐上几天。我那时是少年宫培养已久的一个“市级演员”，少不了要朗诵一些“我在祖国的阳光下茁壮成长”之类的诗歌。还要和两个我同时暗恋的女同学一起演个小品，小品的内容是这样的：她们是两个弱智的小白兔，正要分享一块豆饼，我演一个狡猾的老鼠，主动请缨为两个弱智小姐掰豆饼。结果一大一小，拿小块儿的不乐意，我就把大块儿的咬得比小块的更小，以示公允。另一个兔子不干了，我就再把另一块咬得更小些。依次反复为之，直到把豆饼都吃了，两个兔子明白过来，联手拿棒子把老鼠给消灭了。

每次我和我的两个可怜的心上人都要穿着全身假毛的演出服，连蹦带跳地卖力演出，汗流浃背臭气熏天。幸运的是，演出落幕前我可以躺在地上“死”很久，等两姐妹把这戏剧的深刻哲理一五一十地提纲挈领一遍。我直挺挺地趴倒在台上，愤愤看着台下那些在吊扇下乐得屁颠屁颠的小干部们，真是气不打一处来。头套面具里的汗水流到嘴里，又咸又涩，和被我爹揍时尝到的眼泪的滋味，一模一样。

这就是我的夏令营回忆，我的“艺术家”生涯的开始。舞台表演这档子事情，后来我放弃了，主要是那个捂着毛大衣躺台上的夏令营让我倒了胃口。此后，“夏令营”这个词在我的生活里再没有出现过。有些词在人生里是有时态的，过一定的年纪之后，这个词便和你无关了，和知了的聒噪声一样，远离了这个城市的夏天，从此属于回忆的一部分。它让我联想到少年时候最爱读的一本安徒生童话，繁体字和铜版画插图的，我在每一页里都小心地夹上了心爱之物，糖纸、小花儿、蝴蝶，等等。我甚至清楚地记得封面的样子，但我们之间的关联也仅剩如此而已。我和所有过了保质期的少年一样，就这样自以为是地长大成人，和童话书以及那书页里夹藏的所有秘密，从此分道扬镳，此生不再相遇。

今天，几个喜欢念旧的人拜托我写几句话，谈谈我记忆里的夏令营。这对于我真是一次意外的救赎。于是，在这个恍若隔世的夏夜，我又看到了小时候的自己，还躺在那时光里，已经死了很久很久，比我后来所经历的人生还要久。而那些消失在书页里的花儿和蝴蝶，在那方舞台上漫天飞舞。原来它们一直在那儿，一直陪着那寂寞的小小少年。

我是个小老鼠

这故事还是发生在我的小学教室。在那个昏暗的死气沉沉的小格子里，每天都是重复的，什么都不会改变。就像挂在屋顶的那根日光灯管，总是要起跳很久，体力不支地不停颤抖着，灯管的末脚上总像流脓的冻疮一样渗着淡红色的光，总是在上课十分钟以后才终于挣扎着担负起照明的职责。

终于在一个下午，这个教室里发生了值得书写的一幕。

一只小老鼠，突然出现在教室里。一只很小的，大约还没有一支香烟长的老鼠，突然奇迹般地出现在了一个戴眼镜的女大队长的脚下，或者其他的什么地方。总之这个品学兼优、道貌岸然的女“助教”，用一种类似雌猫在叫春高潮部分所产生的音高，持续地尖叫了5秒钟以上。这个女大队长常年苦心经营的仪容规范以及学习标兵的高大形象在一瞬间土崩瓦解，所有的同学也似乎一下子失去了学习的榜样和精神上的参照物，于是阵脚大乱，各种形式的惨叫此起彼伏。我在兴奋地跟大家一起尖叫的同时，偷眼看见老师站在讲台后面像个呆子一样。

小老鼠一定也被这惨叫声吓得不轻，在大家的脚下以子弹一般的速度四处逃窜。大家叫了大约 10 秒种，有些人终于缓过神来，开始疯狂地踩脚下的子弹老鼠，于是大家又都开始一齐跺脚。教室本来就是常年没有打蜡的木头地板，缝隙里满是尘土，这一跺脚产生的效果可想而知。我反应比别人慢半拍，既然大家都在跺脚，我也开始往地上乱蹬。

突然之间一声细细的惨叫，全然不同于戴眼镜的女大队长那么嘹亮，但教室里顿时安静了下来。我缓缓地抬起脚，看到鞋子上粘着踩扁了的死老鼠，一时间恶心和兴奋一起涌了上来，眼前一黑，几乎昏死过去。好在同学一起拥了上来，你推我搡地争相围观，把我一下子又搞清醒了。在沉默了片刻，把气都喘平了之后，我正等待大家表扬我勇敢，那笨蛋老师却突然清醒了，大声招呼同学入座，重新开始上课。于是乎各种大中小队长又开始维持秩序，恢复到好学生的表情，同学们开始就座，各自整理打翻的铅笔盒，拍打落地的书本，一切渐渐恢复正常。

那天后来日光灯有没有跳，我已经记不得了，可是我恨恨地记得所有的人都遗忘了我，就像遗忘了那小老鼠的尸体，而尸体就他妈的一直粘在我右脚的鞋上。然后，我也永远记住了那种愚蠢地夺去别人生命的耻辱，和最后遭到的报应。

很多年以后，我还做过一个噩梦。我梦见自己就是那只小老鼠，在无数的雨点般跺下来的脚里，拼命地奔逃，烟尘滚滚，四面楚歌。我也不知道能不能逃掉，就这样一直在拼命地跑，拼命地跑。

再后来，我发现我们都在跑，这世界上谁也逃不掉。

时间理发馆　纸本铅笔画　2004

时间
理发店
TIME
BARBE SHOP
SHANG HAI

少女和马　摄影草图　2007

看着画了一天画的手，想起了小时候学画，手总是很脏，姐姐每天要拿板刷给我刷一遍才让我进门。后来长大了，我的手和砂纸一样粗糙，能干最精细的手工活儿，却摸不了姑娘的腿了，一摸就毁一双丝袜。英国画家透纳收徒弟先要验手，凡细皮嫩肉的干净手相都不收，他说美都是由脏手创造的。可惜我姐姐从来不信。

而我外甥曾经劝我：不好说自己老的！你花了那么多年时间，吃了那么多东西，被外公打了那么多顿，读了那么多书，画了那么多画，考了那么多试，得了那么多不及格才长成一个大人。不好很快老的，太不划算了。

11 岁时候的一张漫画

“胖爷爷”是我父亲少年时候的老师，我父亲学戏的戏剧科班“夏声剧校”的创始人和资助人，一位爱好京剧的民族资本家。据老人说，年轻时候的他从海外留学归来，少年得志，生意很快做得很大，上海的新华印刷厂和好几个电影院还有几家肥皂厂都是他的产业，资助过各种文化团体，也为中共地下党做了很多工作。他曾有一名国民党军官朋友来看戏，特别喜欢父亲在舞台上演的小花脸，于是将我父亲认作了干儿子。1949 年撤退的时候，军官想要将我父亲一起带去台湾，是“胖爷爷”出面好说歹说把父亲留了下来。那时父亲离开家学戏多年，在类似《霸王别姬》电影里那种戏班里，少年学戏很苦，历经磨难。“去台湾”在当时的孩子看来不就是背井离乡么？如此一来，父亲便对这位恩师生出些至亲般的依赖。

父亲后来参加了革命，终于和这位老师失去了联系，只知道他在新中国成立后虽然将自己的企业都公私合营献给了国家，但因为受潘汉年案件的牵连(潘是他早年的好朋友),50年代被定为反革命，投入了秦城监狱。“文革”之后，父亲听说他已经出狱，在苏州做环卫工人，便几次三番去苏州寻他。多方打听，终于在一个偏僻的小巷里远远看到自己的恩师，一个人拿着扫帚在默默扫地。他看了心里特别难受，也顾不得那时自己也刚刚平反不久，便把老人接到了上海，留在我们家里养老。

所以我的童年时代，家里就住着这样一位和我并没有血缘关系的“胖爷爷”。因为牢狱之灾,他早已妻离子散,但他是个乐观的人。因为曾经多年在海外留学的经历，可以讲一口流利的英语，总是教我唱一些英文儿歌，也经常教我一些西方的礼仪。虽然那时的我觉得都是些完全没有用的东西，但也无奈在他的监督下学了些吃西餐的规矩，对长辈讲话要使用敬语等。“绅士”这个陌生的词，我就是第一次从他的口中听来。他总是微笑告诉我，以后无论生活强加于你什么，都不能被摧折改变，应该保有自己的尊严和风度，这才是真正的绅士。

几年后，在我父母的帮助寻找下，老人终于得以和失散多年的家人相见。大约在我12岁的时候，他搬去了北京和那时在总政歌舞团工作的儿子一起住，我突然多了一对会跳舞的舅舅舅妈，还有一个漂亮的小妹妹叫海莹。这张小漫画，是我11岁那年画了送给我的“胖爷爷”的，许是老人搬迁去北京的时候悄悄带走了我的这个小礼物。这画其实我自己早就忘记了。

有趣的是，在微博上后来又遇到了海莹妹妹，她竟然还保留着这张小画。虽然从小学画，画了无数的作业，可是后来几经搬家，所有少年时代的习作都丢失了，却无意间从妹妹手里失而复得这张我个人历史上最早的“作品”，真是让我特别感动的事情。在此谢谢我细心的小妹，希望如今已经为人妻的她，能替我一直珍藏这张小纸片，也珍藏我们对那位共同的亲人“胖爷爷”的所有回忆。

画下那张画后的第二年，我就进入了美校，开始了我这辈子从事的美术专业的学习。如今回头看来，时光迢迢里好多事情早就看不清楚了，但“胖爷爷”的那句话我一直记得：“无论生活强加于你什么，都不能被摧折改变，应该保有自己的尊严和风度，这才是真正的绅士。”这是这位慈祥的老人送我这一生的最珍贵的礼物。

胖爷爷漫画像　1984

白色迷宫里的梦

我家的后门通向一个弄堂中的空场，大约一个篮球场大小吧。对当时身高不足一米二的我来讲，是足够大的了，大到整个小学的前三年每天在这一方空间中来回狂奔都没有一丝一毫的厌倦。空地的一角有一个福利工厂，有几个高大但面容呆滞的男人整天在一张大石板上洗刷白色的桌布，是附近的绿杨村饭店每天换下来的。洗好的大桌布雪白雪白的，在竹竿支着的长绳上晾着，一块块密集地靠着，随风摇摆。于是那片小空地就成了一个白色的迷宫，我们小孩当然不会放过这样的乐园，在迷宫里笑着跳着钻来钻去。所有的桌布都是湿的，带着肥皂的气味，阳光在桌布的晃动中变幻莫测。我至今都可以清晰地从记忆中看到，甚至闻得到湿湿的气味。

但是小孩子的手总是会弄脏那些洗好的白布，留下些小小的黑手印子，更有几次太调皮了，甚至把一架子布都拉倒了。可怜那几个傻大叔大声吼着，挥舞着手里的板刷投掷过来，老打不中，又悻悻捡回去。

长大以后，想起当时小孩子并不懂大人的工作艰辛，那几个有智力障碍的大男人，也许因为我们的调皮更是厌恶自己本来就没什么快乐的生命。如今一想起这一幕就非常地痛恨自己。真希望他们能瞄得准些，希望那洗衣刷可以穿过记忆，打到我现在已经秃顶的脑门上。

少年乘气球去远方旅行　素描　2011

爱是什么　摄影草图　2009

我读小学的时候总不做作业，但都会给老师一个合理解释，例如作业本掉在井里了；我把它藏到缝纫机下面的那个洞里不见了；或者我妈烧饭的时候厨房着火烧掉了；还有写完了字迹自己消失等。那位老太太老师从不戳穿我，每次都微笑着等我给她一个理由。记得当时很得意自己的聪明，可是如今想起来就想哭。真的。

童年的痛苦在于你总是无法说出你想说的话。长大后你可以说了，却没什么好说的了，不愿意说了，或者是不敢说了。

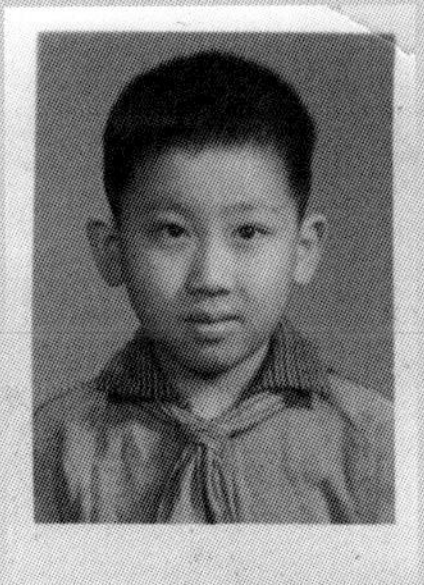

小学时的标准照

除了这个在冰冷的书房里端坐着，面对这些白底黑字的家伙，我相信这世界上还有另外一个我，我总试图在某些安静的夜里，用某种方式将他呼唤至我身边。这些年里，这个行为一直在折磨我。

也许我有个双生的兄弟，他懂事的时候就选择留在了时间某个维度里，不愿和我一起行走于这段生命的最前端。从此我们总是难以相见，因为我被日子推着，这一步黑夜一步白昼的步伐是我无可选择的，无论是最美好的，抑或最残酷的日子都不能留步。而他则不以为然，所以我妒忌他，也怀恨着他。

在我头发脱尽，身体渐渐变得皱皱巴巴的后来，他却还有着最美好的容颜，眼神流盼轻盈，微笑俏皮，总说着一些甜蜜的字眼。

我恨他。

2

我曾经以为夏天里的一切都是没有尽头的

草叶集—观花者　摄影　2008

我们的生命因为有死亡的存在，从本质上说是被束缚和被定义的，人和人完全相互理解是很难的。那些不为人知的青春爱欲，成长的脆弱，酸楚和甜蜜，其实永远只属于你自己，如同草叶静静生长，然后静静地枯萎。我常常回忆起自己的过去，那些时光就像是博物馆橱窗里的标本，安静，死寂。

西班牙买的古董娃娃头

活着活着就老了，就不会醉了，就铁石心肠了。

夜莺和玫瑰　图片拼贴　2009

我本来立志要成为一个嬉皮笑脸的角色，可这世界丑角儿太多了，演不过他们。下岗之后我只好改行当一个严肃的人，那种很严肃很严肃的人。

用天真做引信的人体炸弹　装置作品　2009

我们身处这个超速的时代，那曾经历过的生活，回头再看已变得似是而非。它正以某种荒诞的速度，飞速地从我们的记忆里逃之夭夭，根本无法捉住它。只有在相互遗忘之前，用想象弥补出一个亦真亦幻的过去，沉溺其中片刻以获得某种温情安抚，似乎时间从来没有离弃过我，一切事物都可以坦然地归于最开始的地方，安静从容。乐此不疲于这一场时光旅行的游戏，虽然我也知道这是徒劳的。

恐龙爱人　图片拼贴　2010

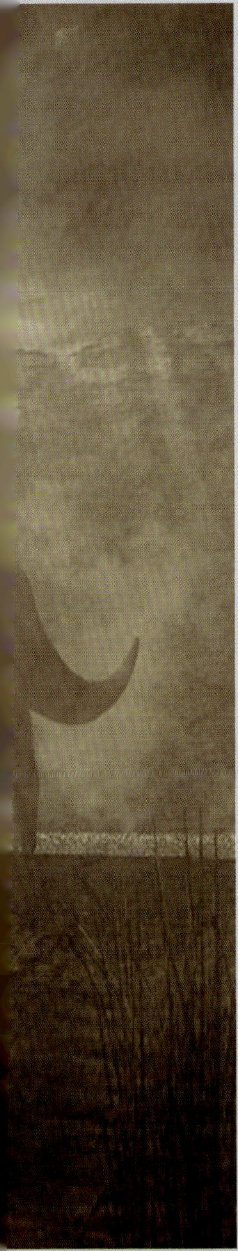

书翻到了那一页
杯子里没有了水
该出生的孩子都出生了
火，没有发出声音
大海归还了所有水手
船，已化为泡沫
雨和雪都还没有到来
树林里的果子们沉重又安静
别人都在低头对表
你突然醒了，他也饿了
这是一个正确的时刻
你们会相遇

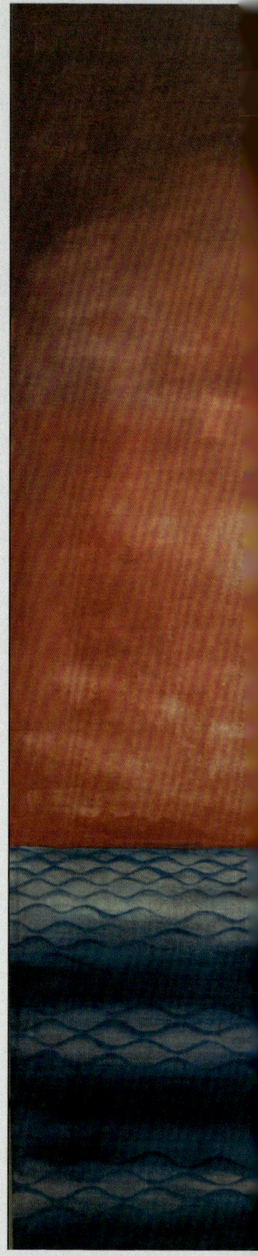

只一夜间
所有在时光的渡口送别我的人
都放心地散去了
那些和行舟一起流走的年华
曾经属于我的年华
此刻又受到召唤
纷纷从大海里出发
逆流而上
回到已经一无所有的我身旁
他们要载着我
再活一次
只一夜间

乡愁　200cm × 200cm　帆布亚克力　2006

禁忌之书 No.14　摄影　2006

少年时，我一直羞于和陌生人讲话，但喜欢唱歌。唱歌的时候我不害羞，在舞台上面对很多人都不怕，虽然我唱歌并不好，但很喜欢唱，甚至还始乱终弃地自学过吉他伴奏。不过，唱歌的时候总是闭着眼睛，那样可以让我脱离现实的环境，沉醉在自己的世界里。我至今都很怀念自己沉默寡言的少年时代。大学毕业以后的职业生涯里，为了成为合格的导演，处心积虑地反复练习克服自己的羞怯，在终于成为巧舌如簧的“演说家”之后，我就再也无法唱出动人的歌了。是真的，在如今的卡拉OK 里，我再也发不出纯真干净的声音，现实世界也不再因为我狠狠地闭着眼睛就离我而去。我被这个失去了少年羞耻的世界淹没，片刻都难以自拔。

如果我 18 岁时遇到现在的我，会杀了自己的。

每次在生活的惊涛骇浪里侥幸生还，我都会想起十多年前的自己，那一坨立志要当水手的少年。嗯，掐死他的心都有。

我收藏的老照片　大约 1900 年

16 岁在美术学校

看到这样的照片，会让我有种错觉，时光不是连续的。这些片段并不能因为同样存在于时间里，就必然和现在有关。时间一定是有些节点的，在这些节点上，一段时光死了，由另一段接替它。人的生命也是，也许在某个节点之后其实你已经死了，你没察觉，替你活着的是另一个人了。——16 岁那年和同学在看画展，最左者是我。

在这无所建树的阳光灿烂的日子，又回忆起自己做过的那些傻 × 事情，时间久远，它们在阳光下竟显得如此无辜。长大变老，说到底也就是这么回事儿，最终自己原谅了自己。

3

曾经崇拜一个流氓

神经病

一個閃閃发光的

無奇的回忆里做

我要在你平庸

馬良

二十九生日書于上海

獻給學畫畫十年

论雷峰塔的倒掉

鲁迅先生有篇文章叫《论雷峰塔的倒掉》，我第一次读到这个标题的时候，突然想起的就是童年的一个故事。也是有关一些东西的倒掉。

我小学时候最崇拜的人是我们学校的美术老师，估计也就我现在这个年纪，胡子拉碴的样子，在当时看来很是卓尔不群。我崇拜他倒不只是因为他长得帅，那时看所有 20 岁以上的男人都是老头子，这个老头子让人崇拜的地方是他会画老鹰，他在一个本子上画满了各种各样的老鹰。每次我们美术课自己乱涂乱画的时候，他就拿出他的小本子，在某个没有画完的老鹰身上添几根羽毛什么的。每一笔画一根，想很久再画一根，画十多根都没有用过橡皮，每次画完一个老鹰，他都要长长地叹一口气。我也搞不明白什么意思，总之对这一切的形式感极其迷恋。

在小学四五年级的时候，这崇拜已经到了狂热的地步。他每次画老鹰，我都会很激动，一定要凑过去，看他慢慢地画着每一根羽毛，他每画一笔，我就听到自己在心里欢呼一声。我甚至决定长大以后一定要长得和他一样，至少要一直穿蓝色的领口磨得发白的中山装，留略长的油亮的头发，往后梳齐了但偶尔垂落几根，眼睛里永远要有些心慌意乱的样子，满脸的胡子碴要有春风吹又生的长势。总之，我觉得成为这样的男人一定是完美的。

然后在一天的下午，又屁颠屁颠去老师的办公室看他画老鹰的毛，上次有几根落下没画，我估计着今天可以赶上看他画最后的几笔，还有那一声长叹。结果走到办公室门口，却突然听到男人的抽泣声，赶忙凑到门缝往里面偷偷张望，竟然看到我的偶像头发蓬乱跌坐在椅子上，双手捂着脸，我看不清表情，只看见他的肩膀随着哭泣一抽一抽的，低声地呜咽着！满头白发的校长板着脸站在他旁边，眉头紧锁，恨铁不成钢的表情。具体讲了些什么，我年纪太小听不明白，只记得一些破碎的词语，“女同志”“作风”“流氓行为”，等等。当然我长大以后自然明白了那时大约发生了什么，肯定也不过就是爱了一个不该爱的女人。但那一瞬间，我只觉得自己的偶像如同被闪电击中的雷峰塔，就这样颓然地无声无息地倒了下来。我竟然崇拜一个流氓！一个会对女同志犯作风错误的披着中山装的流氓！！！我轻轻地扶着墙靠倒在门边，身体僵死一动不能动，好久都没有离开。到现在自己也很难相信，就像读到这里的你们一样难以相信，但事实真是这样，那个小小的我突然觉得自己的心碎了，碎成了很多片。那是少年的处子幻灭，曾经完美的世界一下子就蒙上了令人厌弃的灰尘。

几天后，我曾经的偶像就像什么事也没有发生过一样，走进教室又开始给我们上课了。依然在小本子上画老鹰，依然画到最后长叹一声，小朋友们仍然会很兴奋地围拢着看他画画。谁也不知道那个秘密，只有我，从此再也没有去看过那个小本子，就像一个怀揣了炸弹的恐怖分子，惶惶不可终日。

后来我慢慢长大了，把这事儿忘得一干二净的。然后也成了一个会画老鹰的人，画过各种各样的鸟儿，也画了很多美丽的姑娘。直到有一天，第一次听到有个女人流着眼泪问：“你怎么和个流氓一样！？”我才突然明白了，潜移默化里榜样的力量。

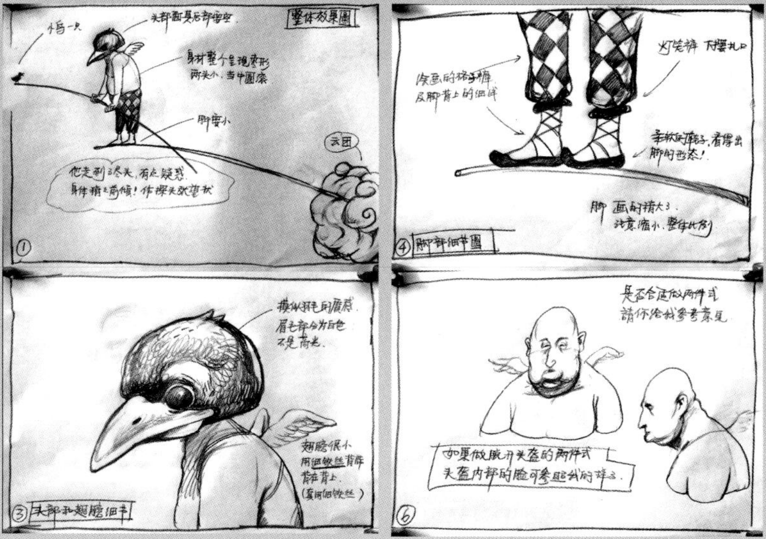

鸟人　雕塑草图　2011

献给所有怀才不遇的发胖了的家禽，那些曾经幻想过翱翔万里的心。

我和朋友一起聊，谈起世事多变，很多身边人突然就离开了，有点伤感！我们于是决定要每天善待自己，活得不留遗憾。我总结说：我就是这样挥金如土的，每天午饭都辣酱面加大排加酱蛋加咸菜肉丝，老板娘一直赞叹我会享受生活！他们听了都拿东西扔我，唉，这些不解风情的人。

人生无常之破障战车　小玩具装置　2009

洞穿傻 × 世界，顶死操蛋人生！

要苟且偷生地活着，为了把每一个不合时宜的英雄是怎么死的，都详细记载在火车站卖的法制文学里，把他们的各种死法编入热播电视剧，把他们的蠢事都编成微博冷笑话，让他们被转发无数，被嘲笑无数。亲爱的们，相信我，小丑才是英雄，英雄都是小丑。在这脑白金时代里，崇高只能踏着荒唐之路走向不朽。

过客 No.3　摄影　2010

毛姆曾经写过："今天我已经认识到这一点：卑鄙与伟大、恶毒与善良、仇恨和热爱是可以互不排斥地并存在同一颗心里的。"所以，亲爱的朋友，请原谅我吧，对此，至少有一半的我是值得的。

捡来的一个残破的玩具马

你有没有在冬天凌晨的清冷月台上等过你的恋人？等着一声汽笛尖叫着从晨雾深处呼啸渐近，庞大的喷着浓烟的火车头像垂死挣扎的恶龙嘶吼着从雾霭里跌撞而至，苟延残喘吐出最后一口气，死在你面前。而你，像个不战而胜的骑士把你的爱人从龙的肚子里救了出来。若没有，可惜，有动车之后你没机会体验这古老幸福的幻觉了。

一生若是一场机车狂飙，最初当是用荷尔蒙做油料，青春期以后荷尔蒙用完了，油箱里还可以加理想主义、英雄主义、自负的幻觉，再掺点没羞没臊，甚至把自己点了榨油。完美的公路英雄必须是永远可以给自己找到燃料的人，一旦进加油站花钱买油了，就废了，靠近死亡也没有快感了。

我经常被自己的各种无聊念头感动得热泪盈眶。

念情书的水兵　摄影　2010

陪我在一万杯红色甜酒里流亡吧，亲爱的，请陪我过一种永远不会厌倦的生活。

鼻青脸肿的少年　120cm × 90cm　厚牛皮纸 + 金粉 + 炭精　2009

我所有的自负皆来自于我的自卑，所有的英雄气概都来自于我的软弱。嘴里振振有词是因为心里满是怀疑，深情是因为痛恨自己无情。这世界没有一件事情是虚空而生的，站在光里，背后就会有阴影，这深夜里一片静默，是因为你还没有听见声音。

罗密欧和朱丽叶　摄影　2011

一直想把所有道貌岸然的失眠的夜晚都交给魔鬼，交换哪怕只有一半长度的放浪形骸的生活，至今未果。可惜了。

我们根本没有信仰，所处的世界一片混乱。为了不永远在怀疑里活着，恋人们下意识地会在相互的嘴唇上、对方的身体里找寻生命的意义。徒劳又短暂，即使如此也乐此不疲，因为其他的意义更他妈没有意义。

水面上的笨蛋　纸本绘画　2007

每次见到不善言辞的年轻人，总很小心翼翼不多说话，希望不要因为自己的饶舌而让他们自卑。如今我终于明白，会说话并不是件必须的事情。生活之海，长风击浪固然风流，在水下深潜也是件美妙的事情。一直很怀念自己口不能言一个人沉在水底的青春岁月，后悔太早挣扎着想浮上来。如今阳光之下并无新事，眼看着手里值钱的东西，莫不是来自那时的沉默深处。只可惜早早学了弄潮儿，带出来的所剩无几。

过客 No.5　摄影　2010

请给我一个最温柔的理由吧，让我宽恕这个我如此深爱却几乎杀了我的世界。

戴奥特曼面具的男子 120cm×90cm 厚牛皮纸+金粉+炭精 2010

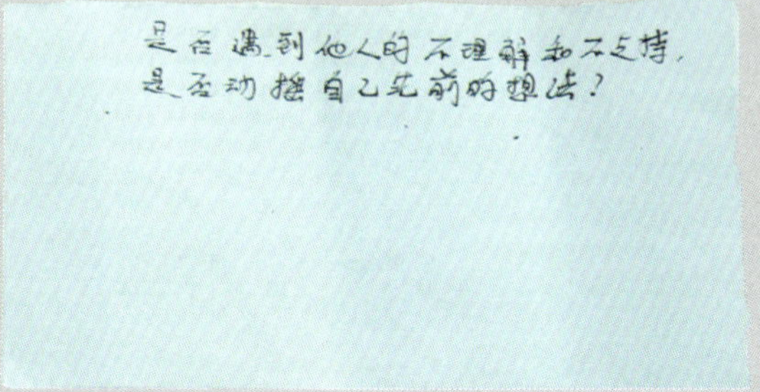

讲座时听众递上来的小纸条

所有你们不相信的事情，我都要一一地去做一遍，亲自体验一下不可理喻的成功，或早已注定的失败。我讨厌“怀疑”，即使死在“相信”里也在所不惜，这样的死是一个干净的极端者最好的宿命。

所谓才华是不存在的。艺术创作只是选择了一种生活：瞪大眼睛，无论眼里看见了多少伤悲，有多少风沙迷雾，只能狠狠地看着。把内心和盘托出，无论它多么敏感柔软。是把生命里的每一秒每一个瞬间都细细咀嚼，无论是蜜糖还是毒鸩都咽下去。没有平静可言，这是一条正常生活的背道之途，精神上的亡命而已。

每次想到在有限的生命里，竟要被那些傻 × 的人和事所束缚，便会油然而生一种没来由的斗志，瞬间满血复活。

4

我们孤独地表演着自己

小旗手 No.5　摄影　2008

这世界每天产生很多很多的微小如尘埃的情感和秘密，只和当事人有关，随后就被时间洪流埋葬了。

无关的我们无需也无法关注，因为我们自己也有无数的随流沙而去的情感来不及握住。

但它们还是如此动人，尤其偶然从时光里惊鸿一瞥间。

我是一个失败者。
我早已无家可归，
在夜里，在我的身体里流浪至今。
一年的雨水，
总在我想流泪的时候悄然而至，
把我和我还来不及写下来的悲伤，
都洗得干干净净。
于是我失去了诗行，
像一张空白的纸，
纯洁又惭愧。

我是一个失败者。
我忘记了把所有记忆，
都埋在了哪一棵树下。
我不愿在树干上刻下名字，
我知道她不属于我。
我读不懂树的年轮，
每棵树对于我，
都是个谜。

我是一个失败者。
我的草原上没有烟尘滚滚，
没有斑马没有狮子，
没有生也没有死。
我的草原上开满了云海一般的花，
没有风也没有声音。

乡愁 No.24　摄影　2006

邮差 No.1　摄影　2008

一个生活里的小人物做着自己认为浪漫的工作，为陌生的人送信传情，尽管只是个邮差，但他自己觉得自己是个温暖又重要的人。他有时觉得自己是个伟大的英雄，可以穿墙可以飞天；但有时他也知道自己只是一条落网的胖鱼，无处可逃。但信终归要送的，这是他的工作。

——摘自　瑞典 *B.INSPIRED* 杂志

我一直觉得，这个世界的本来面目是索然无味的。还好我们有幻觉和想象力，它们在潜意识里辛苦地织补着我们破绽百出的生活，使之柔和并让人眷恋一些。

棉花糖上的日子 No.1　摄影　2006

是烟云，是泡沫，也是一小勺糖膨胀出来的巨大的甜蜜和幸福。

我想起了两年前写下的这句话，我一直很喜欢这话，对此常常有些“自恋”。

生活里很多东西都是会破灭的，但不妨碍我们相信并生活在美好的幻觉里，享受幻觉放大的幸福感。

人往往会先给自己算个卦，然后就心甘情愿地按照这个卦象生活。所以我们要做个会作弊者，只给自己抽一根上上签，不好的直接就扔掉，读也别读，想都别再想。

小旗手 No.1　摄影　2008

文艺是一种工作，总是要有人做的。

我的马戏 No.3　摄影　2004

生命只是一场寂寥的马戏，我们孤独地表演着自己。

即使这只是一场寂寥的马戏，我们依然要活色生香地演下去。

上海妈妈的好孩子 No.9　摄影　2005

我一直努力地让自己活得不像一个笑话。

不可饶恕的孩子 No.1　摄影　2005

你是否过着你曾经想要的生活？

不可饶恕的孩子 No.5　摄影　2005

曾经做过一个梦。在一个莫名的空旷之地我不停地在跳舞，根本没有观众，甚至没有镜子。一直在重复某几个愚蠢的动作，我自己也知道很滑稽，但根本停不下来，有种力量在控制着我。奇怪的是，我有时又会分裂成另一个旁观者角色，在一旁充满悲悯地看着精疲力竭的自己。梦醒了以后，又觉得这似乎不止是梦。

爱是什么 No.3　摄影　2009

我们站在舞台上，世界的手把帷幕慢慢地拉开。一开始有点刺眼，渐渐就可以看清楚了，幕布之外那未曾见过的一切，让人喜不自禁。可惜那只手不曾停下来，之后他会很慢很慢地合上大幕，人的一生就是这样。当你正面对完全打开的世界的时候，一定要好好地享受，拼命地记得。因为之后阴影将追着你，无处可逃。

禁忌之书 No.8　摄影　2006

虽然在一个不合时宜的时刻，成了一个悲壮的十三点，但尴尬里竟也有几分宿命浪漫。想到这里眼泪一酸，鼻子掉了下来。

不可饶恕的孩子 No.2　摄影　2005

我的眼睛

那双曾浸透了黑夜

墨石般深邃却无用的眼睛

只想看着你

一直看着

把所有明亮的日子挥霍殆尽

小旗手 No.2　摄影　2008

所有的自我毁灭都带有极端的美感，但仅仅为了美感活着或死去都不太靠谱。大部分时候，所谓生活的抉择，无非就是选择在一场古典悲剧里演一个执迷不悔的小丑，或是在一出肥皂剧里演一个愚蠢的没有悬念的英雄。

乡愁 No.15　摄影　2006

我常在入睡前觉得我曾经历过的生命只是一个漫长的没有明天的夜晚。这个剧场里寂寥的表演者，永远比观众要多。也许明天天亮以后，就再也没有人记得这场演出了，可是今夜呢？今夜还是我们的，是吧？那么记住所有的眼泪和笑容吧，就像生命只是一个夜晚，从来不曾有明天一样。

让我再为你唱一支歌好么？或者只是诵读一首短短的小诗？在天亮之前，在你忘掉我之前，好么？

——献给今夜和不曾谋面的明天

乡愁 No.22　摄影　2006

生活本身就是很现实的，每靠近完美一分便要付出一分的代价。浪漫的背后往往是最不浪漫的消磨，所以生活里仅存的那点儿浪漫才显得尤其可贵。努力存住那种情愿赴汤蹈火的勇敢吧，像护住那风中之烛，不能任其灭了。你知道的，那是我们获得幸福的唯一希望。

5

我开始相信爱和自由只存在于惊鸿一瞥间

我指给你看消逝　200cm × 140cm　帆布油画　2007

一树繁花

我曾经的房子，窗外不远处的一个街角，有一棵我至今不知道名字的树站在那里。我搬入那屋子的时候是秋季，那树的枝杈上只点缀着零星的绿叶，毫不起眼，以至于我根本没有意识到它的存在。直到次年的春天，好像就是如今的四月，我某天起床拉开窗帘，被震惊在窗前。那巨大的树，不知在何时开满了暗淡的粉红色的花朵，再也看不见绿叶，就这样满满开了一树隆重的花朵，凛然地骄傲地站在春天里，花枝随风缓缓起伏如同水中幻影。这棵我从来没有正视过的树，以这样的方式让我第一次认识了它。

后来的日子里，每天起床我都会去看它一眼，甚至很多次有拍照片的冲动，只是手边都没有照相机。有时在窗前看书，会抬头望它，然后出神很久。这样的日子过了好久，这一树繁花一直灿烂喧嚣地存在着，没有任何的改变。直到有天我再看这花树，突然觉得它的美好里有一种不知节制的缺陷。为了这个念头，我记得自己还笑了。

几天之后，那树在一夜间繁华褪尽。我甚至不知道确切是哪天，也不知道落英去了哪里，只是某天早晨再看窗外时，那树又变回了普通的树。时间造物一瞬间收去了她所有的美，一丁点痕迹都不曾留下，那潋滟花海如同云烟般转瞬就消散了。那种感觉好可怕，我至今仍记得。

写到这里，其实我自己并不明确为什么要写这个故事，只是那满树繁花一下午都盘桓在我的脑海里，挥之不去。

那一天

“我们刚才晚饭时候聊天：如果获得了一次穿梭于时间的机会，可以回到过去或者未来的某个时间生活一天，你会怎么选择？为什么？我觉得这是个挺有意思的命题，不要假大空，真诚地说，只有一天你会怎么做选择？”

2011 年 8 月 1 日，我在微博上发了这样一个帖子，是和几个朋友饭后闲聊的结果。写上微博后一天的时间里，就有超过八百个人写下了他们的回答。在这里摘录和整理了一些和各位分享。在此谢谢给我留言的各位朋友。

土豆李李：我想回到上小学的夏天，一家三口躺在客厅地板上，吹着电风扇，我拿着学校发的笛子，翻着音乐课本，一首一首地吹着，哇哈哈，阳光灿烂的日子。

邱大王：如果在我情绪很糟糕、生活很不顺利的时候得到回到过去的机会的话，我想回到我爸妈结婚后没多久的那天，跟他们说，今天屏住，不要搞。

二苇：1996 年除夕，是我能想到的自己最幸福的一天吧。虽然那天也没什么特别——只是，他们都还活着，还没有开始生病，我最爱的亲人们。

Mimi_mimi：回到我爸妈造我的那天，让我变成男孩。

Yangziyangziyangzi：我想回到 1990 年秋天，初恋男友和我永别的那个瞬间。

彼岸笑颜：我想回到 2009 年 5 月 25 日，赶回家，阻止你在那一天骑摩托车出行。若是那样，我们应该就有机会做一辈子的姐弟，一边互相嘲讽、互相打击，一边不离不弃吧，而不是像现在，每一个夜晚想起你恸哭醒来，只可惜这终究是永远也无法挽回了。

绽放的 everyday：我想回到过去，清晨和爷爷还有姐弟去地里，中午全家四代人坐在一起吃奶奶做的饭，洗碗扫地，午休时躺在老太太身边，下午和老太太分享好吃的，在后院干活，吃完下午饭我们全家坐在堂屋的台阶上乘凉，到 19 点一起看电视。晚上睡觉躺在祖母的身旁，听她讲话，除了秘密，什么都可以说。老太太，奶奶你们好吗？

Appleandorange：若是过去某一天：回到那个冬天的晚上，加

收藏的法国明信片

班后一起吃了碗热腾腾的拉面。

Tk_walking：想看看陪我一生的那位女士出生的那天是不是也长得像猴子一样，顺便跟岳父母说：不好意思，要辛苦您二老照顾我老婆了，将来你们老了，我也会照顾好她的，呵呵。

Ding 萌：回到姥爷健康的时候，告诉姥爷，直到您走后，我才知道原来您最疼我，我还要坐着您骑的三轮车和您一起去买菜。还最想一回姥姥家就能看见墙上插着糖葫芦、小屋里的爆米花。吃饭时，您会把肥肉夹掉自己吃，瘦的给我吃。吃烤馒头的时候，您总会把底下脆脆的嘎巴给我吃。我好想您。

诸色花开：奶奶姓潘，是我幼年的保姆。我只知道她名字里有个翠字，她一生孤苦没有子女。她是我生命里最重要的人，没留下任何纪念物，包括照片和墓地。我 17 岁做不了家长的主，也不能只执拗于形式。她的骨灰放在火葬场，年月一久，混着散去。但是她仍然是我最重要的亲人，相依为命的祖孙。

Amnokkang：想回到过去，像个旁观者站在旁边看着自己的小学生时光：想看一下被叔叔骑车载我摔伤后，8 岁的自己在河边蒿丛后偷偷往家走的样子；爸爸让我送一盘炒小鱼给邻居，半路被我弄翻在地上，想看看自己当时的窘样；代表学校去竞赛却考了倒数第二被老师批评的样子。也想过关于钱的愿望，想了想还是最想回到上面的某一天。

文倩：回到爸爸离世前最后一天，为已经起不了床的爸爸洗洗头，再用吹风机为他暖暖地吹干他花白的头发，坐床边认认真真听他讲一回当年南下云南的往事，中间不阻止他回忆，不插嘴，不跑神，不离开。想爸爸。

持枪的羚羊：我要回到我 11 岁的某一天，告诉常年被同学欺负在大街上奔跑的自己：不要逃，要反击。

Venqi：穿越到妈妈怀妹妹前，告诉爸妈还会是个女孩，别生了。

耳朵小妖：想了很久，发现最想回到父亲小的时候。在乡月清冷的路上，安静地陪他走完几公里到学校的路程，然后坐在教室前冰凉的台阶上和他说说话。想送他一块表，他便不用看着月亮早起了。想告诉他，请别封闭内心，勇敢一些，他不是一个人，不管是以后还是现在，有很多人爱他，包括他将来不懂事的女儿。

沙加之伦：一直以来都特别想回到父母刚认识的那个时候，拆散他们，让他们不要结婚。

郁雪冰M：我想回去 1995 年的某一天，那时候我才一岁多，去挽留一个离开我和我母亲的男人。

爱叨叨的八两：回到去年过安检时，抱抱爸爸妈妈，不再头也不回地不说再见，不再怨恨他们送我远走他乡，他们是爱我的。

近花信：那年是 1997 年我 9 岁，那时妈妈还在世，但是因脑血栓半身瘫痪，要我给梳头发扎辫子，我懒得不想动，她一直耐心絮叨让我扎，我说了一句“你去死吧”。每想起眼泪如瀑，心如刀绞。

我和财财之家：最想回到自己的小时候，那时自己乐观开朗勇敢有爱心，即使长年全托在幼儿园也那么积极开心。最想那时的自己和最疼爱我的姥姥姥爷一起生活，看最传统的电视节目，听他们的教诲或者坐在一起开座谈会。哈哈。他们虽然古板但是特别正直和善良，他们经常鼓励我。那是最温暖的时光。每次从姥姥家回来都会大哭。

Miss 泡泡糖：某天过年，坐在爸爸自行车后座上，全家人一起去外婆家，路上我妈给我买了两个红色的气球。我到外婆家以后，外公就在屋外等我，然后我就扑进他怀里，这是我记得很清楚的画面。

咪了个喵：小时候回乡下住，有天晚上出来上茅房，一抬头，哇，好多好亮的星星！后来再也没有看到过。

粟汐 suck：2003 年 7 月 23 日前一天，打电话让她以后千万别走学校侧门。她就不会被小店的老板杀害，横尸阁楼……那年我们十岁，我少年时候最好的伙伴。中午老师打来的寻人电话我永远记得……

无主题漫游：我会选择 2009 年 12 月 3 日。如果我能回到这一天，我一定会至少提早 5 分钟出门，在我的大饼脖子缠绕上绳子之前抱住它，这样它就可以和我继续生活在一起。嗯，如果是这样的话，它应该有 6 岁半了。就是我头像的那只猫。

我的照相馆 No.8　摄影　2011

这世间美丽却也残酷的一切，总是来去如朝雾，亦如闪电。于是我开始相信爱和自由，只存在于惊鸿一瞥间。

——2006 年我的主页前言

Vian：我们一直都没问过对方的名字和电话……那天我们用微博私信约在图书馆，是唯一的一次见面。我好紧张又假装表现得很自然。好想和他一起到露台上吹吹风，聊聊天，但那时却假装认真地翻了翻他带给我的书后说“那我先走啦，谢谢你”。如果可以回到那天，我想勇敢地多看他几眼，我喜欢他。

屎忽龟：我出生的那天。爷爷奶奶听到是女儿后拂袖而去，妈妈在哭，问怎么办，不要了好不好。我想回去告诉她，虽然这个不足月茶壶般大小的东西长大后不聪明、不漂亮，也没什么好出息，但总归是个好孩子。没关系的。

Why_fly：我希望回到说爱他要和他在一起的那天。要是重来一次的话，我会选择不要在一起，那么我们就不会经历相爱——猜忌——误会——分手，那么我们就不会分开，不会连对望一眼的勇气也没有。或者没有在一起的话，我们会成为最铁的朋友，偶然联系一下，未来我们各自结婚，你生下的小孩或者会喊我叫干妈！我们会是一辈子的朋友。

唐英巍_WilliamXP：那是2009年的10月15日，我失去了把她留住的最后一次机会。假如我知道我是这么爱她的话，我会叫她留下来嫁给我，哪怕再穷，我也是开心的。只要这么一天，这么一刻，我的人生就可以完全改变……可惜现实没有如果。

河童之夏的河童：回到11年前那个迷茫的夏末，他意外地出现在我面前。我知道他不是我心所属的，我也知道他不会给我带来幸福，虽然他说得很真诚，也努力想许我一个未来，但我知道在未来的某一天我们还是会分开。以上种种并没有让我离开他，却让我心里生出一种期盼，或许我会爱上他，就像我想的那样，或许他会给我……

Lankyladdie：想要去我高三毕业的那一天。在一群人歇斯底里狂欢、喝酒唱歌的深夜里，轻轻抱他一下，告诉他，这些年无论你让我放弃还是说我无聊，我都没有后退。我很爱你，以前是，以后也是。

茅馨之:我很想停在现在。此刻,爸爸妈妈、爷爷奶奶、舅舅舅妈、狗屎芮都健健康康的，我有很多我爱的并且爱我的好朋友。然后很幸运地干自己喜欢的事儿。想家就能回去看看。这样的生活很美好。时间，不要走。不要让我爷爷奶奶离开我！这是我最没法接受的。

米娜蜜想远行：我想回到 7 月 18 日上午，那天他去了英国 。一周后告诉我和前女友复合了。如果可以回到那天 ，我一定留住他不走。

Echo 的傍晚：这个问题不简单，包括了三篇小学作文命题，我最后悔的一件事，我最难忘的一件事，我最快乐的一天。

Fantasy22R:能重新选择投胎不？选了 HARD 模式，很悲催呀。

郭光：那是老师第一次调座位，本来应该是我跟你同桌，我一迟疑，让给了另一个男生。我后悔太久了，我想回到那天，坐回来本属于我的位置，我想跟你同桌，哪怕就一天，哪怕不说话。

Missmaze：2002 年 1 月 28 日，那天我们登记结婚了，我想回到那一天，不去做登记手续。因为近十年来我们用时间证明了爱情的宽容和深沉，如果没有那个手续，没有这个限定条件，这会更完美。

黑胶碟的畅想：那我得回到四岁的某一天傍晚，好说歹说也得告诉那时候的自己，水池对面坐着踢腿儿的小傻胖子是给你买后半辈子鸡腿的男人，就别手贱把他拽下水吓唬他了。除了跟他，什么恋爱都不谈。

主观动物：回到初一开学第十五天，告诉胡亮，不要走左边的楼梯上五楼，不要尝试从拐弯处横跨上五楼，他就不会从楼上落下来，当场身亡。

欧德 FISH：回到最容易动情的年代，然后错开会和自己相遇的人。无法相爱，那么阻止爱的发生，应该也是最好的回报。

刘思莹 uling：想去 2012 年 12 月 23 日，看看是不是世界末日，如果是的话，就做这辈子最任性的一件事。找到他，问他，最后这一天，选她还是选我。选她，我就消失在他的世界里；选我，就做人生最后一次华丽的叛逃。

感觉上的毛毛毛：想回到去年 6 月 27 日，重新做一些决定。那天我作为一个默默无闻了一年的第三者，给他女朋友打了不该打的电话，约在咖啡厅说了不该说的话，最不该把他女朋友带到我家，而他正在屋里，最最不该接着追出去到他家，之后几乎所有朋友和单位领导都相继赶来。这一切都成了我今天的耻辱，只字不愿再提再想。

星空下的布列瑟侬：回到高三的那年冬天，课间的时候再在沾满水汽的窗玻璃上画画、写字，对着走廊上惊愕的人群微笑。

Quiet_Leung：回到五年前的夏天。外婆的离去十分匆忙，“上学路上小心”，成为她最后对我说的话。不能阻止生老病死，我只想跟她说：我喜欢夏天小木床上你唱的古老儿歌，听你讲旧时代的故事，吃你做的香喷喷的黄鳝饭。清晨古老的大院，白兰花的味道，窗外时不时传来几句哼唱的粤剧，跟你去晨运学你做早操而哈哈大笑。外婆，真的很想念你。

诸色花开：回到我 17 岁的夏天。那时候奶奶还在，我要陪她聊天，给她做饭吃，打扫卫生，许诺给她养老送终，和她拍一张合影，给她选好寿材墓地，让她放心一切的老年以及后事。我不会随父母去深圳，不会离开湖南，不会离开奶奶。因为那个夏天一脚踏进漂泊，一天后奶奶去世。一切都成遗憾，命运仓促得一切都来不及。

陈其伟：我要回去和嬴政吃顿饭，说服他一定要走中国特色社会主义道路，坚持改革开放和三个代表、和谐社会主义的重要思想，同时提醒他要想尽一切办法控制 CPI 和房价。

Miss 乐飞飞飞：我选择去到未来婚后生活最艰难混乱的某一天。首先我要看看和我一起混乱的倒霉鬼是谁，其次要确定下我是不是能承受住最“杯具”的生活和工作的挑战，最后我想知道未来我将成为一个什么样的人。我太想知道了。

2. Lui - Puisque je te surprends dans ta rêverie, devine
les yeux fermés qui se tient derrière toi, enivré par ce

收藏的法国明信片

孟秋宇：回到2003年9月1日之前的哪一天都可以，不跟那个女人登记结婚。

Earthbound：回到母亲跟父亲在农村一起拼搏的日子，不要去县城顶外婆的班，这样母亲不会在县城里打牌，跳舞，跟父亲离婚。

我是MISS南：我想回到我十岁的时候，去看望一下平齿龙，看看十岁的他是什么风采。然后再去拜访各位前男友一圈，哈哈，肯定很有趣。

Kiki柯小小宁：我想回到六岁那年，给妈妈原谅爸爸犯错的勇气。如果可以，也许我就会拥有一个完整的家。

十豆三日尧：我要回到那一年的暑假，去见因为恋爱而疏远的最好的朋友，问问她的心情她的近况。这样，她就不会在21岁的生日跳楼了。

本末映画_老刘：回到11年前的暑假，我一定不会张狂地将摩托车在破国道上开100码，那天晚上我栽进马路中间的大坑里了。弟弟被甩出几十米，万幸他没事。我锁骨粉碎性骨折。这件事情，致使我的高中完全泡汤，大学浑浑噩噩，工作的付出要多于别人百倍。为此父母没少操劳。背负近10年的愧疚，我现在居然活得人模狗样。眼睁睁地看着摩托车上放着的一个大西瓜以100码的速度着地。哗……一个血红色的喇叭形在地上那么鲜美。

左左是好人：其实我很想回到六岁那年的儿童节，这样我能救回我的奶奶。后来我又想，能再多一次机会的话，我可以救回我的外公……“请给我一台时光机”是我不变的签名档。有时光机该多好，你可以回到那些令你后悔的时间，去避开所有不该见的人，绕开所有不能犯的错。但是世上并没有时光机。

左左是好人：她在独自一人的屋子里突发脑溢血去世了，而那天是我在幼儿园儿童节的家长开放日表演节目，爸爸妈妈都来看我的演出。如果他们都在奶奶家，也许就来得及送医院了……

个个了一：回到爷爷离开的那天，回到家里，对他说：爷爷我很想你来我的家长会，晚饭想吃你做的麻辣鸡，周末想和你一起种菜。然后，当他倒在我面前时，尽自己的努力去安慰奶奶和家人。

Zoura：我预言 2011 年 7 月底动车会追尾。

Zoura：还有代替地震局。

VIN 与猫：我想回到高中时第一次见到 BEN 的那天，然后走上前告诉他第一天开始我就看上你了，七年后咱们是在一起的哦，请你现在开始和我一起好好学习吧。

破窟窿：我想满血满魔满智力，回到和小蝌蚪们赛跑的那个环节，我想看看我是怎么胜出的，如此恢宏的场面。

胡静 HU-JING：回到我还只有三个月大的时候，趁我妈倒水离开而我从床上脸朝下摔在地上、鼻子变歪前，接住自己。

我就是东方：回到初中的时候，对自己说，不要跟他在一起，

朋友捡来送我的模型飞机

你们没有结果的。

小柴胡：回到 2006 年 7 月 4 号，我没有去火车站接你，你也根本不曾来过，我们没有见面，一切都未曾开始。

罗兵：如果穿梭到某时，必定选择北宋，地点就是清明上河图上的景致。从卷首的汴京郊野一直游走到热闹的市集，没有什么地方比那儿更有鲜活的气质了。然后又吃又喝又买东西。那是一个我神往的年代，有一种青衿绿袖的气质。

Ineverflower：回到他帮我去一楼借刘若英磁带的高三下午。我站在三楼楼梯口，心里像雾气腾空的感动，又一瞬间施加黑魔法，我歇斯底里，脾气古怪，他脾气暴躁，偶有温柔，最终他厌我，我仍忘不了他，那魔法从青春一直到现在。想抱下敏感难以捉摸的自己，生命中唯有自己的心不能背叛，一旦背叛它饶不了你。

胡图图小姐：我想回到三年前的今天，告诉爸爸那里有危险不要去，至少还来得及说声我爱你。

周大条：回到十岁，告诉他们：即使离婚，将来也得不到幸福和安宁。

Lavendersblue：我选择回到 1993 年那个冬天的傍晚，面对爷爷临终时的声声呼唤，我愿意像小时候一样趴在他身边，听他讲故事，陪他玩笑，再听一次他的叮咛！而不是躲在门外，任凭父母的劝说拉扯都没有进门去直面爷爷的最后时刻！虽然自己一个人躲在门外一遍又一遍地默念菩萨保佑，可是爷爷永远不会知道：我是多么地爱他！

王子刚：回到 2005 年的某天，然后与他擦肩而过，至死不遇。

刘素贞追梦金链汉：回到刚遇到他的那一天，因为当时我还不知道，这一生最美的事情就要发生了。

老猫只：想回到蘑菇头身体的癌细胞开始出现的那一天，就不会出现这样的结局。

砍二爷：我想回到 2009 年 8 月 21 日，告诉我的好友，不要在湖边玩闹，湖水很深，你又不会游泳。祭念杉杉。希望大家珍惜身边的朋友，注意安全。

自在双双：未来绝对不要去，会扰乱现在的生活。我想回到高一暑假的一天，告诉那时的自己，就因为这个暑假的胡吃海塞，我变成了一个胖子，直接导致现在还嫁不出去。

只只只只读三声：回到姥爷还健在的时候，看那时候姥爷带着三四岁的我，白天到老家屋子后面的小山坡上逮蚂蚱编花篮儿，好多好多事情，晚上和姥爷一起睡觉，偷看他是什么时候把洗好的苹果放进被窝再变出来给我吃的。然后把这些所有拍成照片，带回现在，一辈子不给第二个人看。

不纠结的好青年天丫丫：想回到过去，在奶奶失去有我的记忆的前一天，和她一起度过，告诉她我的生活、未来，告诉她，我爱她。奶奶去世于 2010 年冬天。

林氏小未：认真想了，就想留在当下，哪儿也不去。此刻的满意、幸福、期待都很真实，即便有失望、伤怀也是清醒的。一切都很好。

林渊的世界：看王羲之写《兰亭序》。

老鱼的微博：作为京剧武戏控，希望回到京剧鼎盛的时期，亲眼看看杨小楼的表演，以慰神往之心。

素人儿：我会回到孩提时那个闷热的午后，假装生病从幼儿园回到家。整个下午，我都用自来水往空空的北冰洋玻璃瓶里灌水。姨奶盘腿坐在床上，做着针线活儿，默不作声。如果真能回到那天，我会乖乖地缠着姨奶给我讲故事，认认真真仔仔细细地好好看她，拉她的手不放，记住她脸上的每道皱纹。时间仍在，是我们飞逝。

郭小肥圆滚滚：想穿回小学毕业的时候，不要再和处女座弟弟莫名其妙地闹冷战，请他把我永远少他一个人的同学录写完整。想穿回奶奶生病的时候，不要爸爸陪我去考电子琴的级，让爸爸及时回来给她看病。想穿回初中时候，不要认识蓝。想回到十五岁的时候，不要爱上 L。想回到十五岁的时候，不要去沉迷 WOW。想回到昨天，不要哭。

Why-EvenzZ：我想回到过去，老房子还没有拆，家门口的老井还可以有凉水冲脚，坑坑洼洼的墙还可以打乒乓，稻田里还有蝌蚪泥鳅和小鱼可以逮，虽然有毛毛虫传说，但可以吃到爽口大枣的老枣树还没有倒，回到我们还可以每天玩得尽情尽兴、哈哈大笑的随便哪一天的过去。

彦雨溪：想回到 2009 年夏天，和姥姥告别的时候，她站在屋檐下，我在后视镜里看到她佝偻着身子，看我离开，然后车子开走转弯不见，当时不知道这是永别！如果时光可以回去，我就带她回老屋，直到去世她也没有回去自己的家，她一直都很想家……

糖果 x 猫猫：回到刚出生时，我记得在家族相册里第一张是我婴儿时期裸体的照片，父亲在下面写着：掌上明珠。我想回去问问他，是否真的有想过把这四个字谨记。爱他的女儿，以及爱女儿的母亲。

胡若斐为：第二个选择，随便一天，解答历史上缺页的悬念。例如，烛影斧声的那一晚，宋太祖究竟怎么崩驾了，明朝建文帝在火焚南京城之后去了哪儿，宋徽宗的人造天堂“艮岳”究竟有多么美，埃及金字塔如何施工，巴比伦的空中花园是什么样子，亚历山大港图书馆全盛时期是啥模样。一天，太够也太不够了！

摄影师音乐人杨帆：一直有思考这个问题，而且是很多年了。本来我思考的是如果有哆啦 A 梦的时光机，我想至少用两次。1，回到童年看看那时的自己。2，到未来看看 10 年后的自己，是不是事业有成，伴随着什么样的妻子，等等。但如果只有一天，我宁愿回到过去重温，也不要看到未来把自己束缚。

言童童：如果可以穿梭时间，我会去见一个人，以我目前的心智，去与这个人做一次彻底的交谈。我会看清楚这个人的样子，记清楚这个人的声音，会在见面之前做足准备，我会二十四小时睁着眼，不浪费一分一秒的时间。

周 AA：想回到大学那年毕业的时候，补拍那张唯独没有我的毕业照。

想起一部电影里的台词：

“如果我们的生活里，没有痛苦，将不会更好，而会更糟，因为这样我们将不曾有过幸福，有过希望。”

6

你儿时的每一个梦我都去过

奴隶和主人 No.6　摄影　2005

在你沉沉睡去的所有夜晚，你儿时的每一个梦里，我都去过。

梦行者

创作本身是件很不现实的事情——无中生有地造些梦境，并不是件轻松的事儿，必须让自己沉浸在某种极端的状态里，将情感和时光入不敷出地奉献给幻觉，且不可自拔于那个并不存在的乌托邦。而那些慢慢堆积起来的细密如尘的情感，并非最终都能沉淀到作品里，有时平白无故的就消散了。痛惜之余，变得越来越吝啬于与人分享自己的时间，只希望将那些稍纵即逝的东西尽量逮住。

我曾在工作室的大门上用粉笔写了一排字：谢绝未经预约的参观。后有人来接着写：去你妈的！擦去后，又见草书：你去死吧！

有时我也很颓唐于这样的生活，因为我并非那种生来孤僻的人，过去的职业导演生涯里，我也曾游刃有余于各种人际关系。只是渐渐地发现，无论多么努力自我排解，在人群里总是觉得有种莫名的禁锢感。后来我把这种挣扎寄托于创作，总幻想着那些作品在离开我之后就有了自己的生命，代替我行走于江湖，结交酒肉朋友，密会绝色佳人，纵横四海，日行千里。他们成为我与这个疏远了的世界间的信使，让我曾经寸步难行的灵魂由此获得自由。创作对于我，有时只是作为一种逃遁，逃离我永远无法心平气和地接受的现实生活，逃离孤独。

有时我真想大声地说，亲爱的世界，还有那些在我门上续言的人，请饶恕我这个大言不惭的家伙吧，这个孤独潜行在梦里的人，请宽恕我的故作神秘，原谅我带回的从来都只是些似是而非的呓语，请别责怪我。是啊！你可以说“梦”并不可信，可是没有梦，没有那些让我们的生命变得柔软的幻觉，没有希望，没有那些义无返顾的天真相信，这坚硬木然的世界里还有什么理由令我们缱绻不去呢？

拍摄场景　2011

从某种意义上说，这些年我所有的工作都是在营造一个自己的私人照相馆，用照片谈一些有关记忆的问题。正因为现实生活里太多的颠沛流离，所以总是力求那些小照片儿一定要比现实稍微美好一些。这是一个美工师最浪漫的职责所在，为了比不完美的生活仅仅好那么一丁点儿，值得用最绚烂的形式，穷尽所有力气。

爱人　小装置　2010

平面的图片作品是沉默的，你无法附着太多的解释和意义在作品上，观众面对这样的作品往往就像面对一个迷宫，常常会有惶惑。所以我觉得必须让作品更强烈，有吸引力，应该埋伏一些欲言又止的暗示，一些让人不安的冲突性在画面里，不然观众不会有走入这个迷宫的好奇和愿望。重要的是走出这个迷宫不是目的，在迷失的时候，我们才会有存在感，对自己产生思考。可以让人想象和思考，是多么美妙的事情。

爱是什么　草图　2009

我觉得除了政治，矫饰里至少藏着对美好的渴求。如果真实已经足够丑陋残酷，何必去再现它们，除了刺痛，人总还是需要安抚的。这是美术工作的最终意义啊。

骑车的眼睛　小玩具装置

好作品也是一条秘密的小径，让你穿过无聊的现实，荒草和雾霭，进入一个隐秘的花园，那儿有一面无人来照的镜子在等你。

一个鸟头和一块石头　2010

人的心灵和精神是一个幽暗无边的神秘世界，是现实之外的他乡，所有放逐于此的异端者都很难彼此相见。一旦他们偶然发现了另一个人曾走过他正在走的道路，便会从心理上把那个陌生人当成知己故人。这解释了为什么你面对一个作品会有亲切的感情，即使这个作者和你活在不同的时代和空间，和你的生活毫无关系。

奴隶和主人 No.1　摄影　2005

面具是对摄影所固有的窥探欲的一种对抗，它阻隔了被拍摄者和观众之间的对视，于是“他是谁”变得毫无意义。时间里本来我们也没有名字。在我看来，“一个好玩的人”这头衔比任何名字都崇高。

骑车的没头绪女人　小玩具装置

我在网上下载过很多怪异的老照片儿。我有时觉得，我们所熟知的历史都只是属于正常人的，而喜欢胡闹的怪人们也创造过另一个平行的时间史，只是被所有道貌岸然的人联手隐蔽了，被时间的沧海桑田所掩埋。我相信那里一定藏着更神秘美妙的思想，和甜美的秘密。

戴鸟嘴面具的胖子　120cm×90cm　厚牛皮纸+金粉+炭精　2010

我的小学老师曾经语重心长地和我说：一个嬉皮笑脸的人是没有前途的。

一个严肃的人不该和不严肃的人分享秘密，因为不严肃的人会把严肃的人的严肃的命题理解得很不严肃。然后不严肃就消解了严肃本身，而严肃的人也会因为这个世界有太多不严肃的人，而对这个不严肃的世界里所有严肃的事情，充满怀疑。

乡愁 No.13　摄影　2006

创作最美妙的地方就是会让人产生错觉，觉得自己是世界之王。

我总觉得，拿起相机的人，那些能把自己的生活以及情感交付给相机的人是幸运的。摄影，是我们生命里的一次机会，让我们得以细细体验并且记下自己的存在。这些照片就如同一个个装承着记忆的容器，一一盛放着我们生命里所有的片段。我们鲜艳地笑着，剧烈地爱着和疼痛着，惘然地长大了，也心平气和地黯淡而去。

是我们的镜头，刻下了这一幕幕在时间的眼底，让所有脆弱如镜花水月般的瞬间，因为我们的存在而永不凋零。

乡愁 No.26　摄影　2006

无数次按下快门的瞬间,我热泪盈眶。在那一个又一个的画面里,我这个没有故乡的孩子终于看到了我的乡愁。

这种人类精神里最令人悲悯的哀愁，早就根植于每一个人的生命里，她生长于不断褪色的时间里，最终沉淀于对那些已经幻灭之物的思念中。那远隔千万里的故乡之所以让人伤怀，也是因为你再也回不去了，即使在形式上可以回去，已经物是人非的还乡之路也必定是痛苦的。一切痕迹因为时间，已经或者终将不复存在。

就如同这个庸俗喧嚣的时代里，我们宿命般踏上的这条远离精神故乡的旅途，从此背道而驰，灰飞烟灭。于是，那远去的少年的纯真笑容，那些遗失了和破碎了的爱情，那无法后退的道路和寂寞的狂飙，夜晚和荒凉的梦，还有无尽的远方和体弱多病的理想之马，终将被时间一一无情地击碎，碾磨成细密的烟尘滚滚。在每个人的心中最隐秘的角落，渐渐堆积起来，堆成了那弥漫至内心最深处的隐痛，堆成了沉重的乡愁。

而当为这愁绪流下了第一滴泪时，所有那些和我一样无法释怀的孩子，登高于时间的累累白骨之上，沿着那条遥远的地平线，终于望到了自己的故乡。

——选自 2006 年 8 月 27 日日记

讲座时听众递上来的小纸条

摄影并不是某些人所吹捧的那么高尚神圣的事情，现代摄影技术已经让摄影更简单和朴素。一个人喜欢拍照是因为他想拍照而已，和呼吸一样，和活着一样，是自然的，是不需要故作深沉的。不要以摄影之名冒充上帝，拍几张照片拯救不了世界。我一直很难理解为什么有人爱以一种圣徒的姿态，在故乡冒充异乡人。

但摄影也非常微妙，上一秒钟和下一秒钟有时完全是南辕北辙的，所以作者必须更敏感，而且和生活有一定的距离感，保持冷静。视觉艺术都是沉默又充满歧义的，可以被他人尽情描述，像一个容器，它的一部分功用就是能够承载他人的情感。所以好的作品应该是宽广开放的，能容纳下更多观者的感受，是不需要定义的。

仲夏夜之梦 No.5　摄影　2007

有的美中包含着一种奇异的苦痛，这个物质世界里大多数的美，都是人类心灵劫难的背景，是一种虚妄的华丽表象。津津有味地创造这种美，或者欣赏这种美，只是对绝望的一种小小补偿，一种苦中作乐而已。这是个让人遗憾又惭愧的时代，没有圣人，只有我们自己，所以我们不要相互嘲讽了，好么？

仲夏夜之梦 No.1　摄影　2007

一个失眠者在一个隐秘的花园里和一个猎人会面，试图达成一笔恐怖的交易。他认为所有在夜里唱歌的鸟儿都必须死，猎人不置可否，但在猎人头顶歇脚的一只夜莺听到了这话，飞过去啄瞎了这人的眼睛。此后他的一生里就只有黑夜了，而陪伴他的只有夜莺的歌声，他很庆幸那个交易没有达成。

——自编的童话

乡愁 No.2　摄影　2006

你有没有怀疑过世界是歪斜的，不是你。

鸟儿　小玩具装置　2009

先认识这个世界，然后我们坐下来谈谈信仰，谈谈爱、艺术和诗歌，谈谈那些不会让你速朽的东西。

网上看到的有趣的照片

不知道什么时候起，把自己装成一个玩世不恭的臭流氓，不再只是虚弱少年的把戏。如今作家们也流行这个套路。随手翻翻各种杂文书，那些报纸杂志的专栏，满纸都是些说着尖刻损话的人，似乎不玩儿一些阴，就对不起自己的聪明才智。幽默固然是有一点的，但多是一套把自己置之度外，俯视众生的扮相。有些文章里明明躲着的就是个好人，可字里行间却是诡诈讼师的邪性，或是泼皮的嘴脸。那些凌驾众生之上的才华，如果只会让人变得自负冷漠和对生活充满了距离感，那还真不如只是一个温暖的凡人，活在人间烟火里，和所有有情有义的生命在一起。

孤独的战士　图片拼贴　2010

所有著名的故事都包含着太多的欢乐或者痛苦，要经历冒险，也会面对不可思议的圆满或者惨痛失败，总之故事必然是高潮迭起的。但生活是不需要戏剧性的，如果可以选择，我现在只想过那种不能成为故事的生活。

夜莺　小玩具装置　2010

深思熟虑有什么用呢？不如相信灵感，相信一只鸟儿，相信一片无从解释的梦境。

工作室的小道具

我曾经特别想成为画家或者诗人，但是现在我是个摄影师。生活本身太奇妙了，我渐渐觉得生活里的很多事情都是“被选择”的，不是我们自己所能掌握的。我觉得只需要做一个热情的人，认真地活着，就挺好的。如果有再一次“下赌”的机会，我还是愿意把筹码交给命运。

草原上的手风琴手　素描

在某种假想里，我已经眼睁睁地看着自己被各种不期而至的倦意击倒过一千六百四十七次，和生活讨价还价已经几百个回合。但事实上我却从来没有这样干过，因为精神和肉体一样都是脆弱的，一旦死了就是死了。做一个自己喜欢的自己，我们都只有一次机会而已。

一个人和两个影子　120cm×120cm　帆布亚克力＋炭精　2009

事实上，艺术创造的确是件孤独也艰难的事情，创作者之所以能坚持下去，往往都是基于一种天真的相信：这个世界上所有的人都是一样的，无论生活在什么地方，什么时代，过着多么不同的生活，在内心里一定有一部分是一样的。所以面对自己的提问同样也在拷问着这个世界，对自己的安慰也会安抚无数的人。

我会用尽全身力气，所有的情感，去做一件事情，去爱一个人。不是因为我不知道这其中包含着太多的荒谬和未知，恰恰我很明白，但是别无选择。有时，我觉得艺术也是如此，相对现实生活来说几乎毫无作用，只消磨了自己。但是我们还是要充满热情，充满爱意，是因为我们的确别无选择。

某种意义上我是个悲观主义者。悲观和乐观主义都是对生命的一种认识，是个人哲学思考的结果。其实这个世界本身总是岿然不动的，只是我们用自己的视野和心去定义它罢了。在我看来，"悲剧性"是生命最重要的底色，无论怎么恣意挥洒，又有谁可以逃脱宿命？但"悲观主义"更多时候我觉得是种个人哲学上的定义，和创作者的生活状态是无关的。我本人也是为了在自己生命里找到所谓"意义"，才拼命地去创作；去用我的语言表述着我的体验。这个过程本身也挺积极的，而且创作的过程有时对于作者就像是在卸下一种重负，把心理上的一些灰色的东西放下。要知道，一个彻头彻尾的"悲观者"是不会去像我这样努力工作的。

电椅　装置作品　2009

今夜我一直在和自己的一部分告别。有时生活就像一场精神和肉体的角斗，谁也不可能全身而退。不同的是死去的部分多一些还是少一些，不同的是活下来的那部分，是你或者不再是你。

——2011 年 9 月 9 日

我

我很少愤怒，但常常失望。乐观主义者才会愤怒，而悲观主义者更多失望，因为生气改变不了什么。我戏谑和嘲笑的都是我深深爱过然后失望了的东西。对不可救药的事物，我反而会抱着柔情，和他们一起自甘堕落。善良和美有时也生长于最丑恶的土壤里，我们必须要相信这一点，在现在这个时代尤其。

以前我总对生活充满了厌倦，直到突然意识到活着不是为了凑热闹，归属感并没有意思。无论成为艺术家、摄影师、导演、诗人，或只是一个擅长烩面的厨师，人生都是虚无的，怎么把它潇洒地浪费掉，浪费得毫无遗憾，才是唯一对自己有意义的事情。想通这一点后，我才有了自由。

美人枯骨

——摘自为一位朋友写的画册前言

我想以此为题去描述这些精致的照片，美丽的身体，倒并不只是因为我本来就是个剑走偏锋的人物，更多的是想要给各位指出另外一种角度。这角度折射于摄影本身的有切肤之痛感的特性，这是“逝者如斯夫”的时间之河里，我们不停流逝的生命里，闪闪烁烁的漂浮之美，那些“不永恒”的美。

女人在年轻的时候都是最美的。无论那些年华已逝的过来人用些什么别的形容词来抚慰自己，岁月总是很公平地按照生命的时刻表一一予取予夺，谁也无法幸免。美丽女子最丰润秀美的时候，她的母亲正在消褪颜色；刚毅健壮的男人力拔山兮之时，他父亲的脊背必然渐渐弯曲虚弱起来。生命的圆圈始终运转有序，只不过你登场的时候有人正唱罢了退隐而去。也许正因为生命里早埋下这条不变的伏笔，人便会有某种下意识，要在最好的时光里，尽量的停驻下自己的容颜，努力让其更久长，超越他人，逃脱规律，这几乎是人类的一个共有的渴望，尤其是女孩子。男人往往还有其他的可偷梁换柱的手段，例如事业，例如才华财富，等等，但女人则都首先是爱美的，自己在美这件事情上的失败一定是绝对的失败，几乎可以抵消掉其他所有方面的成功。无论她是面容姣好或是相貌平平，不管她们愿不愿意承认这一点，嘴上不说，心里总是有数的。于是化妆保养的用品自然会有趋之若鹜的顾客，于是早先的画影图形和后来的摄影，必然承担起女人的这一种心理需要。所以女孩子们在青春美好的岁月里如此热爱拍照片，自己随时随地自拍，或者请摄影师来拍摄自己。于是，当代生活里我们目力所及的所有角落，都充斥着这样的一种甜蜜又美好的图像，其中并不承载什么沉重的东西，摄影师们很少在其中夹带私货，只是为了美而拍摄美，缘由和目的都如此简单。但这些貌似简单的照片，其实也并非本身看上去那么苍白，如果我们想到了这一层，这一层“自古美人如名将，不叫人间见白头”的残酷，一切便又都变得意味深长起来。

宋朝有一位叫慈受的和尚写过一篇《枯骨颂》，说的是一种佛教的修炼方式“白骨观”，教人看到美女的时候就要想那美好皮相都是不牢靠的幻觉，时过境迁不过终究是一堆白骨，所有的美好都难逃虚空之像，万事无常而已。另外，中国自唐宋以来就有一种宗教绘画“九相图”，后来和宗教文化一起传到重口味的日本，变得几乎变态起来，劝诸君能不看则不看，是很有些恐怖的画面，只要领略一下其中意味就好了。不过就是说我们追求的所谓“活着的百般美妙”，只是生命的其中一种样貌，更多的是我们不愿意看见，或者故意要回避的各种病相、死相、朽灭相，等等。之所以罗列出这些种种不美好的真相，拿枯骨和红颜比列而对，皆是源于佛教观点的彻悟之见，是为了点醒那些红尘男女，所谓无常，所谓皆空。但也正因为如此，却也可以想见，自古不过如此，俗世的芸芸众生都是这点道行，仙道神佛有几人能成正果，终归还是这点经不起推敲的难以永恒的浮世之美，最让人不可自拔。

说到底，我们都不过是人间饮食男女，大庭广众里终也争不出头的小人物之一。老子说“夫物芸芸，各复归其根”，无论你看得开还是看不开，人世间挣扎的各种伎俩最终结果都是俩字——“没用”，混来混去最后谁又能不复归风中之尘？所以不要装得超脱了才好，你我这人生都是超不脱的，还真不如这一辈子多些真正的快感，还不如俗世里快乐做人，青春作伴，忍把浮名，换了浅斟低唱。

请莫忘记我都错过了什么

少年的愚笨浪漫终究会力不能支的，年纪大些，一切都水落石出。那些画面上的风花雪月只是表象，但凡一个作者要认真地去创作，他必然要用自己的岁月去冒险，画布上的每一笔莫非我们的一寸寸的光阴，每一抹绚烂都是用作者的生命力换来的。所谓艺术，常常被一些居心叵测者故弄玄虚了，把这本来质朴的易物交换，用很多堂而皇之的口舌去矫饰，糊弄成了类似期货投资之类的不牢靠的事儿。但愿所有真正拿起笔画画儿的人，都别忘了这最原始公平的“交易”，这才是这份工作里最值得尊重的部分。

* * *

我曾经在博物馆里读到过一句英文的诗句，来自一片极其繁琐精美的绣片，百年前一位绣花的英国妇人，用针线在她鸿篇巨制的刺绣作品的下角谦卑地绣了几个字，大意是：请莫忘记我都错过了什么，那是每天日出日落间所有的时光，这些专注于针尖的每一分每一秒，才是我给你的礼物。

* * *

10 岁拿起画笔，之后的十多年学画生涯并不很快乐。本来天赋不高，循规蹈矩的东西画不好，而喜欢画的东西又总被守旧的苏派老师贬低，总在 60 分到 75 分之间徘徊。后来学设计搞摄影，想做导演想写东西都是那时心里埋下的落魄发了不甘的芽。后来那么多年过去，渐渐才明白画画这事儿对于我的意义，每当迷失自己，心灰意冷，枯坐一片黑暗里，只有拿起笔涂抹可以拯救我。所有那些飘浮不定的期冀，在现实里随波逐流，无所依傍之时，我于这世间唯一的支点就是笔尖了。这个点还在，我就还活着。它是最后一条通途，一个小小豁口，救我于无处可逃的尘世，也是最初点亮的那团火苗，一直不曾熄灭。照亮、温暖、陪伴更也许毁了我的，都是这一星半点跳跃着的火吧。有它，我才感觉到平静，认识归途，也不怕前路了。

* * *

写东西的人里最不可爱的就是专业人士，特别态度端正的写作往往都没趣味。像个一环认真套着一环的印刷品的靶子，生来找打，看了就想朝它开几枪。有几个洞，破相了才像个有用的东西。

——深夜读书有感

* * *

从某种意义上来说，“世界”并不存在，存在的是无数个人对其产生的想象，正是这些被描述的想象构成了这个世界的样子。我常常也会想象这个世界的形状，如同一个多刺的球体，类似悬铃木的果实，每一个芒刺的末端就是一个个“自我”。他们从这一个点，从自我的角度相互注视，无数这样的芒刺的视野交汇之处，密集融汇之中心点,就是这个被我们注释和描述的世界。而这种想象之“刺球”中的每一个出发点,都有其独立的意义,不可取代却也永远孤独。但也正是这相互缠绕凝结而成的具体的想象交汇点，使每一根孤独又漂亮的芒刺，有了落锥之地，不至于飘向虚无。

* * *

把源于自我的困顿感伤，化成艺术中的敏感多情的悲观主义，为三流作者如曾经的我，未脱低级本能的宣泄。而表现为自我调侃的较为积极的乐观主义者，稍高一层，但也只是莽夫，肉身填世间不平，不过一个萝卜填一个坑而已。能在自我的黑暗和冰冷中炼出悲天悯人的火，不惧燃臂之痛，微笑举之镜前，清醒观照自己，顺便折射也烛照众生者，才是有用的知识分子。才是智者正果。

——旅途读书有感

* * *

昨夜我在花坛边的水池刷牙，牙膏盖子失手掉在花丛中，于是月光下低头去捡，竟然找不到。不信，开了灯找还是没有，再拿了手电筒很仔细地一片片花叶翻开搜寻，却怎么也找不到了。今天起床，在天光下细细看了一遍还是没有，心中却已经释然。今天我生日，又一岁悄然溜走了，和那个牙膏盖子一样走得决绝，生活里那些时光也是这样一去不复返的吧，那些人和事，白驹过隙走了便不再回头。文艺至此年纪,早已不知羞耻,不说愁也不说天凉好个秋了，只是向着花坛，向消失的牙膏盖子挥手一下，算是郑重告别。蛮好，无论后会有期无期，祝别后在世间快乐玩耍，不负青春也不负自己。

* * *

我总觉得小时候的孩子虽然没什么知识，也许也不聪明，但刚到这个世界，一切都是新鲜的，他会很敏感，这崭新的敏感和毫不拐弯的直觉，其实会建立某种“世界观”。这词不很准确，或者只是说自我对这世界的一个认识，一个活着的调性。然后他慢慢长大，去读书去生活，见很多智者，也接受很多挫折，所有的一切其实都是他对最早的那个“世界观”的一种印证。我们会喜欢某种作品，其中某种难以言说但实在是一见倾心的东西，是因为那东西那种感觉一直存在于我们的心里，突然由此得到了印证，像是一种安慰。我们一直着迷这类东西，因为我们就是一直不变的那个最初的小混蛋，一直懵懵懂懂的渴望，当初那第一眼所认识的一切都是真的，是对的。

* * *

海水终将轰然而至，
淹没所有鸟儿的梦。

今夜一个胖子只想写一些干瘦的诗，
写一些不会发芽的信。
群星在相互告别，
海平线穿过一颗颗眼珠，
在时间的炭火上滋滋作响。
他叹了一口气，
过去的所有日子便洒满了孜然，
成为了焦苦的异乡。
如果再也不会饿了，
他想，这才是哀伤。
最绝望的哀伤。

* * *

在父母家看到我15年前做导演时候的作品集，VHS录像带，封面上写了一行字："马良的功夫"。里面是我的广告导演作品，用于自我推销，因为设计编辑得出奇，一时抖机灵非常成功。后来改行了，忘了，生活里那些人和物都搞丢了，倒是父母还留着它。读了这行久违的字，突然有些惭愧。我曾经如此为自己的表达欲而骄傲，可渐渐发现，自我描述越多却越不认识自己了。所以开始希望自己更沉默，能安静多观照自己，就像少年时候爱照镜子，会沉默不语一动不动地看自己，看很久。

* * *

到了一定年纪，渐渐理解隐者之心。这个世界对于你我最大的一个魔障，莎士比亚曾经一语道破："每个人都渴望不平凡，但却没有什么比这愿望更平凡了。"你我都是一粒微尘，何必有名字，命运之风扬起我们，却终归纷纷落下，唯一有快感的，是无牵无挂的自由吧。

* * *

搞了几本喜欢的书，准备读。突然惊觉自己好久没有一本本地读书了，难得读书也是读了一半便放下了，睡着了，一本书很久都无法完整看完。少年时代起床头就是书架，枕边便是书，不知从何时起这些枕边书竟只是成为一种习惯的摆设，各种各样信手拈来的电子资讯塞满了我的空余时间，这到底是好还是坏呢？老派知识分子的说法当然这是不好的，我倒也不以为然，阅读本身还是存在的，知识积累的方式变了吧。这些年我喜欢读百度百科，一个知识点链接另一个知识点横跨着阅读，倒也有意思，像是编一张网，连接的点不大，线也细，但是毕竟形成的面可不小。只是回头再想想看书与之的不同，电子阅读好像容易让人眼高手低，浮光掠影蜻蜓点水，产生各种不牢靠的幻觉。有点像打电子游戏，屏幕里的武林高手大富豪神枪手都是假的。相较之读真的书好像真刀真枪，字里行间让人生出胆量，有力气在现实生活里鏖战一场。至少我有这样感觉，具体为什么我也不知道，也许我这代人的智识发芽在书本里吧，根也在那里，像扎在黑乎乎的寸步难移的土地里，动不了。年轻一代是长在瓶装的水里的，随时换水，轻巧透明。但说到底，其实也无甚区别，人都是心慌意乱地活着，唯开始阅读的时候，一切才安静下来。

* * *

我今天七点就醒了，因为一个梦被惊醒。然后想了很多关于工作的事儿，挺有收获的，记一下。我从事的这个工作其实最重要的是平衡，一方面要特别狂妄，藐视一切，这样才可能开始去做一件疯狂的事情。创作本身说到底都是疯狂的自大的表现，认为自己说的话有人听，自己做的事情有意义，但在被实证之前这只能说是傻× 的幻觉。但同时这工作又必须十分谦卑小心，必须尊崇某些最基本的规律，敬畏不可名状的神秘之物，付出劳苦坦然面对消磨，小心不盲从所谓灵感给予的各种指示，有的指向天空，有的指向地狱。需要的是如履薄冰者惊警的耳朵，高空钢丝上脚尖的触感。需要时刻照镜子，看镜子里的王者之相，怀着懦夫的自知之明。

图书在版编目(CIP)数据

坦白书/马良著．—增补版.—武汉：武汉大学出版社，2017.4
(2021.7 重印)
ISBN 978-7-307-16153-5

Ⅰ.坦…　Ⅱ.马…　Ⅲ.①随笔—作品集—中国—当代
②艺术—作品综合集—中国—现代　Ⅳ.①I267.1　②J121

中国版本图书馆 CIP 数据核字(2017)第 054831 号

责任编辑：陈　豪

出版发行：**武汉大学出版社**　(430072　武昌　珞珈山)
(电子邮箱：cbs22@ whu.edu.cn 网址：www.wdp.com.cn)
印刷：湖北金海印务有限公司
开本：889×1194　1/32　印张：5.5　字数：109 千字
版次：2017 年 4 月第 1 版　　2021 年 7 月第 6 次印刷
ISBN 978-7-307-16153-5　　定价：52.00 元
